藏匿喜欢

Cangni Xihuan

花山文艺出版社
河北 · 石家庄

图书在版编目(CIP)数据

藏匿喜欢 / 修竹著. -- 石家庄 : 花山文艺出版社, 2023.3
ISBN 978-7-5511-6480-1

Ⅰ. ①藏… Ⅱ. ①修… Ⅲ. ①长篇小说－中国－当代 Ⅳ. ①I247.5

中国国家版本馆CIP数据核字(2023)第014504号

书　　名: 藏匿喜欢
　　　　　Cangni Xihuan
著　　者: 修竹

责任编辑: 郝卫国
责任校对: 齐　欣
美术责编: 王爱芹
特约编辑: 张　磊
封面设计: 孙欣瑞
内文设计: 孙欣瑞
封面绘制: 一颗葡萄
出版发行: 花山文艺出版社（邮政编码: 050061）
　　　　　（河北省石家庄市友谊北大街330号）
销售热线: 0311-88643221
传　　真: 0311-88643225
印　　刷: 长沙鸿发印务实业有限公司
经　　销: 新华书店
开　　本: 880mm×1230mm　1/32
印　　张: 8.5
字　　数: 180千字
版　　次: 2023年3月第1版
　　　　　2023年3月第1次印刷
书　　号: ISBN 978-7-5511-6480-1
定　　价: 39.80元

Contents

目录

CANGNIXIHUAN

目录

Contents

CANGNIXIHUAN

第一章 -
何处不相逢

这是沈兮这星期第六次被拉回来加班赶稿子。

原因依旧是顶级流量小花陶星遥跟沈兮大学时谈过半个月恋爱的前男友周清和传绯闻，而作为近日风头正盛的小花，恋爱这样的事情是绝不允许发生在陶星遥身上的。

看着综艺里与人巧笑嫣然的陶星遥，沈兮气得牙根直痒痒，恨不能一股脑儿把真相公布于众。什么传绯闻？她觉得周清和就是陶星遥的正牌男友，不然跟同一个人一周被拍到六次，这是一般人能干出来的事？

星河传媒公关部里负责文案宣传的一众人愁得直挠头，陶星遥每次传绯闻都是跟一个人，而且频率堪比眨眼速度，这到底让他们怎么圆？

“沈组长，你想好合适的切入点了吗？”

沈兮在组里的作用就是平时没事浑水摸鱼，关键时刻定下“洗地”

方向。作为星河传媒公关部的水军担当，睁眼说瞎话是她的强项，坚定落实“开头一张图，剩下全靠编”的部门传统。

但这次，她确实是一点头绪都没有。首先，这种程度的被拍不是什么大事；其次，她的思绪都在顶着高糊的脸的周清和身上。

他怕是有毒，怎么跟陶星遥在一起被偷拍了这么多次，一次都没有被人看清楚脸过?

“真的只有他们两个人在场？在哪儿被拍到的？”沈兮在草稿纸上画着圈。

“私人会馆，应该还有别人在场。”部门助理阮萌萌一边说着，一边找出另一张照片发给她，“这次还好，他们就被拍到两张，而且看起来一点都不亲密。”

沈兮又看了眼照片。

可以看出拍摄者离得很远，周清和的脸一如既往地糊，却难掩其挺拔的身姿，陶星遥站在他身边，可以说是小鸟依人了。

他们确实般配，这两个祸害不在一起未免可惜了。

阮萌萌一边敲着键盘一边嘀咕：“组长，你说他们真的是不是一对啊？听说周家很厉害的，这不是圈里标配嘛——顶流小花和权贵公子哥。”

“简直配死了，但是我们不能让别人知道他们在一起了。”沈兮说完，觉得自己简直是搅屎棍般的存在，专搅有情人。

【周清和也不是普通男人，他什么背景全世界都知道，他去私人会馆玩难道不是再正常不过的事？看照片两人明明是偶遇，现在硬被有心人说成一对，我倒是怀疑背后推手的别有用心了，听说陶星遥的对家有新剧要上了呢。而且迄今为止，网上没有任何一张周清和本人的照片被爆出来，你们怎么知道这个男人就是周清和？说话要讲证据的，别说得你跟周清和家的保姆似的什么都知道……】

沈兮忍着嫌弃吹捧了一番“前男友”，站在陶星遥路人粉的立场洋洋洒洒写了一篇三千字的洗地文，字里行间有理有据，把“陶星遥和周清和是清白的”这个观点阐述得条理清晰。文章的末尾，顺便埋下了两人实乃金童玉女，如果以后真能在一起，她必然会献上祝福的伏笔。

该文章经过上级审核通过后马上被发了出去，继而又被各大营销号转发。不过一个小时出头，舆论的风向便歪成了陶星遥对家向她泼脏水。

“写得太真实了，我自己都差点信了。”沈兮翻看着微博，由衷感叹。

阮萌萌心里倒是有些忐忑：“组长，你这两天可得小心点啊，你不是一次两次得罪秦汉传媒了。”

沈兮闻言笑了笑，她会把秦汉传媒放在眼里？毕竟秦汉的太子爷也是她“唯二”的前男友之一呢。

准备离开公司时已经是晚上九点，沈兮站在洗手间的镜子前理了理刚才被她抓乱的头发，手机被她开了扬声，电话那头正传来好友略显高昂的声音。

“陶星遥到底跟周清和有没有一腿啊？我怎么觉得两个人是真情流露呢？”

“不知道，我倒是巴不得他俩有一腿，天天给他们收拾烂摊子都收拾不过来，我好像卖身给他俩了。”

她也不知道自己上辈子是扔了别人方便面的调料包还是拔了谁自行车的气门芯，这辈子居然来给一个总是传绯闻的明星当专业水军。

沈兮一边感慨天道不公，一边烘干手上的水，一转身，被不期然对上的一双眼吓得头皮发麻，下意识便伸手推了一下。

手机在空中划出一道优美的弧线，继而狠狠砸向地面，她甚至还能听到电话那头传来的女人的声音。

“好，见面说。”

周清和的头撞到了墙壁后，维持着原来的姿势没动。良久，他用舌尖抵了抵左腮，看了沈兮好一会儿，才从地上捡起屏幕炸得跟满天星似的手机，轻笑一声，问：“挺久没见，特意跑男厕所跟我打招呼？”

沈兮后知后觉自己进错洗手间，咬咬牙，没时间想他为什么会在这里，只问：“手机多少钱？我赔你。”

周清和似乎是听到了什么好笑的笑话，似笑非笑地看着她，缓缓吐出两个字：“八万。”

低沉的声音倒是十分悦耳，沉稳中还带着些慵懒的语气，像是调笑，却又不像。

沈兮摸不准他的话是真是假，但是那通体漆黑的手机在市面上确实少见，再想到周家的背景，或许……

周清和见她脸上青一阵白一阵的，嘴边的笑意更甚，倒是没再提手机的事。擦身而过的时候，他在她肩上拍了拍，然后几个跨步，人就没了踪影。

沈兮父母在她小时候就离了婚，那时她被遗弃，是奶奶养大了她，后来奶奶过世，她便一直独立生活，这么多年，说不孤单是假的。

到家时已经是半夜，因为是阴天的缘故，又没开灯，屋子里尤其黑。她站在家门口，突然生出来一股想逃的冲动。她想逃去一个热闹的地方，然后找一个安静的角落，看着人们各自开心，再不济，学学陶星遥，没事跟有钱人传传绯闻也好啊。

正愣神的时候，楼道里暗下去的灯重新亮了起来，隔壁的门被人推开，两个男人正从屋里出来。

突如其来的嘈杂伴着男人的交谈声赶走了之前的死寂，像是偷窥到别人的隐私一般，她忙反手关上门，脸霎时有些烫。

这两天她隔壁的空房被人买了下来，想必是新邻居刚打扫完房子。过了好一阵，外面才彻底安静下来，她捧着碗青菜面条坐在沙发上，也好，不管怎么说，这层楼有人陪她了。

吃过饭又刷了会儿微博，此时大家的立场已经很明确，就是秦汉传媒捣的鬼。

沈兮一边敲着僵硬的脖子，一边又点开其他平台的账号，直到确认有关陶星遥的风波已经平息，这才上床睡觉。

由于今天用脑过度，导致她精神高度紧张，半梦半醒之间，她竟然看到了陶星遥和周清和手牵手漫步在雨中，两人身后是无数的摄像头，恨不得凑到两人脸上。

沈兮觉得自己的心血付之东流，气得拎了把锤子就追了上去，她非弄死这对狗男女。

从梦中转醒时，她还觉得气不顺。可能是周清和当时诧异的表情太过清晰，又或者是他那双眼睛亮得实在瘆人，总之她现在一想起那个画面，就恶心得像吃到了苍蝇。

自从一周被拍到六次后，公司高层终于介入，陶星遥总算是消停了一阵子。

听说下个月她要去外地拍戏，这几天她的经纪人寸步不离地守着她，生怕她再闹出什么传闻来。

沈兮安安静静上了几天班，一时间只觉得感恩戴德。毕竟从她入职起至今三年，这样的清静日子实在难得，她猛一拍桌子，决定趁机休个假。

拿回休假申请单后，她兴高采烈地计划着这九天假期。她准备先回老家给奶奶扫墓，顺便把老房子的房租收一下，再贷款买辆车。

有了以往的经验，请过假之后她并没有急着离开依云市，她特意给陶星遥留了两天的作妖时间，以备自己可以随时回到公司给其收拾烂摊子。实不相瞒，每到这时候她甚至觉得陶星遥经纪人的职位她完全可以胜任，毕竟她替陶星遥操的心一点不比经纪人少。

但这次的陶星遥似乎是真的转了性，她已经史无前例地安静了快一周，别说跟周清和的绯闻，就连她本人的影子，媒体也没抓到过一次。沈兮这才彻底放下心来，拖着行李箱高高兴兴去了机场。

虽然不是假期，但是机场的人依旧络绎不绝，沈兮取了登机牌，正在候机的时候，反常地安静了快一天的手机突兀地响了起来。

那一阵电话铃音仿佛催命符，屏幕上那串熟悉的号码更像是一条铁链，勒得她眼冒金星。

刚一接起电话，阮萌萌的声音就传了过来，似乎还带着哭腔："沈组长你快点回来，这次陶星遥和周清和恋爱实锤了。"

实锤来自于陶星遥于今日上午九时整发的一条微博。

图片左上角写着"Zhou"，字母下有一只修长的男人的手。那手指甲圆润，骨节分明，看上去极具力量感，如果被这样的手一拳打在脸上，可能会窒息。

沈兮顺着手又看到了男人腕上的表。她认识这块表，是限量版，全球就这一块，因为表链内刻着周清和的名字缩写。之前她还因此打趣过周清和，说他把首都二环内一套房戴在了手腕上。

她看着图片一时间只觉得有些缺氧，所以他们两个到底是在折腾什么？地下情它不香吗？非作一下才通体舒畅？

沈兮没忍住，爆了句粗口：“这事我洗不了，让陶星遥的团队自己想办法吧！”

如果说她一年要写六十篇稿子，那其中五十九篇都是关于陶星遥的——陶星遥太会折磨人了。

那边阮萌萌支支吾吾了好一会儿，然后就换了人说话：“沈兮你赶紧给我回来。这回不用咱们澄清了，就坐实这事就行，但是要把他们两个写得惨点，就是那种一看就让人上头，忍不住就想祝他俩百年好合的那种。”

沈兮这会儿忍不住想祝他俩断子绝孙倒是真的。

“孙姐，我已经在飞机上了，马上飞，舱门都关了。”

她刚说完，大厅就响起了提醒登机的广播声。

说谎被现场识破，气氛一时很尴尬，孙文静端出公关部经理的架子劈头把沈兮一顿骂，骂完了之后告诉她：“主管的位置还空着，你赶紧回来。”

“好嘞。”

沈兮办理完机票改签，还没等到把证件放回包里，阮萌萌就又打来了电话。

“组长，陶星遥把微博给删了，又发了一条新的，说让大家不要胡乱猜测，那图是网图。”

沈兮只觉得自己满脑袋瓜里都是问号，这难道不是侧面证实了她和周清和果然有情况吗？陶星遥的目的到底是什么？不得不说，她还真是不放过任何一个作死的机会。

回去的路上，沈兮看了下微博，网上陶星遥的粉丝已经炸开了锅，大家揪住“Zhou”这几个字母不放，纷纷在陶星遥微博下发评论求证这是什么意思。有人直接问“Zhou”到底是不是周清和，更有真爱粉动情地哭了出来，一时没法接受自己被陶星遥分手了。

陶星遥作为当事人，她的微博号瘫痪在情理之中，但是作为一个水军，沈兮发现自己之前发表过“如果陶星遥和周清和真是一对，我就直播吃键盘”言论的红V大号也瘫痪了。

大家纷纷让她出来吃键盘，更有热心市民问她要地址，说要寄键盘给她，让她一次吃个够，如果不吃就举报让她炸号。当然，这些不理智的网民只占一小部分，另一部分有头脑的人已经开始扬言要人肉她了。

沈兮觉得心好累。

因为陶星遥突然闹出来的这事，整个星河传媒都笼罩在阴影之中，不等下车，沈兮就已经透过星河独特的环形设计楼体察觉到了大老板的怒意。

她一溜小跑进了公司，焦急等电梯的工夫，忽然听到大门口传来一阵骚动。透过镜面设计的电梯门往后看，她看见原本应该躲在家里的陶星遥正在一众人的簇拥下进了公司。

陶星遥长得好看是毋庸置疑的。不同于其他小花的骨感，她属于微胖型，脸上也有些肉，再配上一双亮且大的笑眼，整个人看起来珠圆玉润的特别想让人与她亲近。

进了公司后，陶星遥把架在鼻梁上的太阳镜推到头上，那头柔顺的棕色大波浪长发随着其动作微微动了一下，可以说是仙气十足。也难怪周清和跟陶星遥走得近，如果沈兮是男人，也会想追陶星遥。

“你一会儿见到李总表现得要好点知道吗？”陶星遥的经纪人罗绮跟在她身边叮嘱道，“不要以为你跟周清和搭上了话你就可以不知道天高地厚，他随时都能把你踢开，你懂吗？保住你现在的地位才是最重要的，其他人，包括我，都是不可靠的，我说得够明白了吗？”

“知道了知道了罗姐，我会好好跟李总道歉的。”陶星遥笑眯眯地回着话，面上没有丝毫的不耐烦与不尊重。

如果不是一年替陶星遥洗白太多次，沈兮根本没法把眼前笑容可掬的姑娘与那个著名作精联系到一起。或许这就是公司迟迟没有封杀她的原因，她的演艺路确实还长着，能为公司带来的利益远不止眼前这些。

两人说着走到了沈兮身后，极有默契地不再交流。

沈兮下意识地挺直后背，虽然没回头，但是她能感受到陶星遥正在打量着自己。

良久，陶星遥轻轻笑了一声，沈兮身上的汗毛顿时立了起来。

“罗姐你不要这么紧张嘛，一会儿周清和也过来，李总不看您的僧面，也得看看他的佛面啊。”她的声音也是温温柔柔的，听得人浑身酥麻，她晃着罗绮的胳膊撒娇，“而且周清和说前两天已经跟李总谈过了的。”

哦？所以那天晚上她才在男厕所里跟周清和重逢了。

沈兮想着他那八万块钱的手机，一时有些悔恨，她当时应该抢先捡起来再摔一下的。

“这些事一会儿再说。”罗绮皱眉瞪了陶星遥一眼，“我刚才跟你说的话你记住了就行。”

所有人到齐之后，孙文静带着部里的几个主管和沈兮在会议室召开了紧急会议。

“现在我们要准备三种方案：一是陶星遥和周清和确实在一起了，但两人是经过层层阻挠，共同面对了风风雨雨才为自己争取到了在一起的机会；二是两个人没在一起，就像陶星遥微博说的，那只是个网图；三是持暧昧态度，毕竟我们也不知道他们两个人到底是怎么回事。”

沈兮不屑地翻了个白眼："傻子都知道两人在一起了，我们出这么多方案只会越描越黑，还不如让他们大大方方承认事实。虽然陶星遥的人气会因此受影响，但是周清和总会补偿她的，即便她退圈，周清和也不会亏待她，如果她撒撒娇，说不定周清和还会买了星河送给她，何苦来为难咱们？"

"你闭嘴吧你，如果周清和愿意承认，陶星遥还折腾什么？"孙文静恨不得一笔记本拍在沈兮脑门上。

"总之你别废话，赶紧回去写文案，记住要卖惨，越惨越好。"

因为毫不相干的事被拖累得没法休假，沈兮心里怨气颇重，她幽幽看着孙文静："孙姐，我没办法……"

后半句话被孙文静截住："沈主管，你还有什么问题吗？"

"我没办法不好好去完成这项工作。"主管的工资是组长的两倍，就凭这点，这项工作她也绝对能保质保量完成。

沈兮恭恭敬敬地把椅子推回原位置："我这就去写稿子。"

周清和家是陶瓷行业的大亨，祖上就发迹了，延续至今已有百余年。周家原本专心做陶瓷生意，直到周清和的二叔当年大胆地向房地产行业迈了一步，从那之后，周家的发展开始多元化起来。一直到周清和这代，各行各业几乎都有周家的影子。所以沈兮完全可以理解陶星遥的做法，如果她真的嫁给了周清和，在周家不破产的前提下，她往后六代都是可以混吃等死的，只是娱乐圈她估计是混不下去了，到时候或许能转个幕后。

沈兮一边替周清和和陶星遥编着“两人经历了风风雨雨，却依然选择携手并进，最后终于为自己争取来了光明正大在一起的机会”的虐心爱情故事，一边替陶星遥操心她以后的生活。

三个方案不出一个小时就摆在了孙文静的桌面上，使人不禁感慨升职加薪的诱惑力。

对于沈兮的业务水准，孙文静是放心的，看了个大概，她便将方案提交了上去。

在等待上面审核的时间里，沈兮窝在休息室的沙发中百无聊赖地刷着手机。因为工作需要，她在各大平台都注册了账号，这些账号又在公司的运营下成了不同平台的知名用户账号，但公司不知道的是，她有一个用来吐槽各行各业的私人小号，比他们刻意运营的营销号还要火。

沈兮翘着兰花指做作地一下一下向上划拉着手机屏幕，见小号的评论下几万条评论全让她说说陶星遥和周清和的事。她正是一肚子的火气没处撒，这会儿便借着大家的怂恿开了个帖子，名叫“浅谈周清和”。

之所以不叫“浅谈陶星遥”，是因为做贼心虚，怕有朝一日被人扒出小号，再给她扣个“别有用心”的帽子。

玩归玩，闹归闹，但是拿周清和开太过分的玩笑沈兮是不太敢的，所以帖子里她也就没说什么干货，只半开玩笑说之前有幸见过周清和，这人外貌没得说，就是品性很一般，据不可靠传言说，他上学那会儿惯爱玩弄纯真女大学生的感情，通常是提裤忘人，正牌女友一抓一大把，至于没名没分的那更是数不胜数了，最近跟陶星遥走得这么近，自然是看中了陶星遥的美貌，希望陶星遥要理智选择伴侣。

最后，还在帖子的末尾告诉大家千万远离周清和这样的男人，毕竟太危险。

帖子没什么特别之处，也没说什么不该说的话，只不过是全篇辅以表情包，再配上她独特的吐槽方式，看起来非常喜感。

该帖子一经发布，转发量在十分钟内便已经破万，点赞数更是数不胜数，总算让沈兮见识到了顶级流量的威力。

她抒发完心中的不满，也没拿帖子当回事，反正大家看一看笑一笑也就忘了，周清和和陶星遥这事很快就会过去，那时自然没有热度了。

她起身去接了杯咖啡，又去屋外转了一圈呼吸新鲜空气，一口气还没喘匀，就听见阮萌萌陡然间拔高的嗓音。

“组长组长，居然有人比你还火，你快看看微博。”

沈兮依言拿起手机，忽然发现她刚才发的帖子已经在微博爆了，全网跟风似的在短短几分钟之内便多了很多“知情人”，这些人大多是周清和的“同学”“同事”，甚至是在他家做过几天工的“保姆”，再往下翻，连他二大爷的邻居的儿子的小学同学都跟着来爆料了。

在那一瞬间，沈兮甚至以为周清和要在程序员们的咒骂声中出道了。

周清和的瓜像糖炒栗子一般在网上被炒得火热，当事人却一脸淡定地在看招标计划。

助理小杜捧着手机站在周清和办公桌前字正腔圆地给他读着：“他上大学时惯爱玩弄纯真女大学生的感情……”

周清和听到这句话后，视线终于顿了一下。说出来他自己都不信，正儿八经的恋爱他只谈过一回，为期十五天，当时还是沈兮提的分手，原因是他俩家庭背景相差悬殊，她怕当周清和他妈甩给她一张支票让她离开自己时，她笑得太大声伤了他的心。那会儿两人的感情不深，也谈不上恨不恨，但是他至今都觉得自己被沈兮玩弄了。

小杜见周清和的表情不对，也不敢再读下去，舔了下干裂的嘴唇：“周总，我出去给您接杯水。”

“你先出去吧。”

周清和把人支走后，继续把刚才没被读完的帖子看完。他一向不关注除工作以外的其他任何事，所以自然不知道发帖人是网红大V，他只是觉得这人胡编乱造起来倒煞有介事，尤其是影射他心理变态时的那几句描写，更是深入人心。

他点开了这人的头像，不是自拍，是一只吐着舌头朝镜头微笑的金毛犬。

嗯，这人倒是挺有意思的，看起来还真像是一位老友。

最近公司忙着开展新的业务线，周清和忙得不可开交，帖子他看完也没放在心上，直到晚上赴了风投公司老板的约。

一见面，王万宗就开始笑，笑得他浑身直起鸡皮疙瘩，两人交情还不错，他直接开口问：“你有病啊？”

王万宗笑得更开心了：“这才几天没见，怎么，你要进军娱乐圈了？”

“什么意思？”

“你真不知道？现在你的事传得沸沸扬扬的，我现在甚至知道你三岁那年清明节午饭吃的什么。”

周清和挑眉。

王万宗笑得浑身乱颤：“还有人说你像个变态似的追求人家陶星遥呢。”

周清和揉了揉眉心，发现原来世界上还有这么无聊的群体。

起初他是真不打算理会这些无中生有的事，但是现在连王万宗这种活在深山老林里的人都知道了他“变态”，可见这个传闻已经在一定范围内引起了轰动，如果他再置之不理，或许这会间接影响到他公司的发展。

想到这里，他给小杜打了个电话：“十分钟，发帖那人的资料发过来。”

又一个连续加班的日子结束了。

沈兮揉着因为坐了一整天而酸痛难忍的腰往外走，在经过男洗手间时，她下意识向里扫了一眼，仿佛还能看到周清和在里面一样。

出了门，一股热浪扑面袭来，闷得沈兮险些窒息。夏天的依云市简直不是人待的地方，轻轻松松温度就能达到35℃，偏偏沈兮惧热惧到变态。她受不了，只能加快脚步向约定好的快车停车点跑。

星河传媒的坐标在市中心北部的娱乐产业园。可能是老板们以为这儿遍地是黄金，完全没考虑到公司里还有很多人买不起车，所以管理很是严格，出租车等营运车辆一律不许入内，在这儿工作的人如果要乘车，只能走到大门外，而大楼离大门步行就要十多分钟。

虽然有路灯相伴，但沈兮还是觉得有些害怕，她不由得一路小跑。

晚风吹得树叶沙沙作响，她跑累了，叉腰喘着气，正抬手扇着风时，忽然听见左后方的绿荫中传来一声响动，紧接着便是皮鞋踩在落叶上特有的声音。她僵着身子，用余光观察着身后的动静，只见一道人影慢慢出现在自己身后，继而与她的影子重叠。那人走得极慢，带着运筹帷幄之气势，仿佛她是他的囊中之物，今晚必定任他摆布。

沈兮小时候曾练过一段时间的散打，这会儿她倒是没有乱了阵脚。她紧紧盯着那影子，等看到那人向她伸出手之后，她顺势钳住那人的一条手臂，扭腰送胯借力向前一摔，只听“咔嚓”一声脆响，那人便抱着手臂躺在地上疼得说不出来话了。

她又疯狂向那人身上踹了几脚，正要去看那人的脸，突然看到有闪光灯在远处亮了几下，她心里一惊，拎着包急忙跑向了大门口。

回到家，还没等脱鞋，阮萌萌就打来了电话。

“组长组长，你看微博了吗？周清和果然是个变态，真是知人知面不知心啊。”

她还在惊恐之中，听到阮萌萌的话一时没反应过来。

“什么意思？什么变态？”

“就前几天，网上不是爆料说周清和心理变态嘛，今天他就被人拍到跟踪别人了。”

沈兮一时间竟不知道说什么好。影射周清和变态纯粹是出于她对当年他隐瞒家世跟她谈恋爱的打击报复，但他绝不是那种跟踪狂。

“网上都有照片了，你快看看。”阮萌萌的声音难掩兴奋。

沈兮的关注点一向奇怪，她问：“这次拍到他的正脸了？”

答案当然是没有，虽然捂着手臂倒在地上那人的姿态很狼狈，但是他选择把后背留给偷拍者的样子真的很帅气。

看完照片后，沈兮颓然地往沙发里一靠。如果她知道刚才自己打的是周清和，那她一定会当场灭了他的口，以绝后患。

周清和被沈兮给打进了医院，他本人除了因为手臂受伤的疼痛引起的面色苍白之外，并没有看出其他异样，倒是小杜上蹿下跳的，仿佛尾巴被拴了鞭炮的狗。

“周总您确定您要在这儿治疗？这儿的医疗条件不太好。”

周清和哭笑不得："我只是小伤。"

"医生，我们周总这手不会废了吧？他可不能有事啊。"小杜长得白，一双大眼睛瞪着，看起来说不出的呆萌。

医生被小杜吵得有点头疼，皱着眉瞪他："问题不大，养一段时间就好了。"末了又感叹，"现在的年轻人要是都像你这么珍惜生命就好了。"

从医院出来，周清和自然没有办法再开车，小杜负责把人送回家。

"周总我最近留在您家照顾您吧？"现在周清和生活不能自理，他不是特别放心。

"没事，我右手没受伤。"

车速不快，夜晚的霓虹不时从周清和的脸上闪过，五颜六色的光晕衬得周清和眉眼更是清秀。

到了小区，目送小杜驱车离开，周清和正要转身进楼，余光忽然瞥见一人拎着垃圾袋踢踢踏踏地从楼道里出来。等看清来人之后，他不由得眯起眼睛。

依云的晚风都夹着闷热，扔完垃圾，沈兮潇洒一转身，堪堪对上周清和带着玩味的眼，整个人顿觉阴凉了不少。

"你过来。"周清和很是友好地向她招招手。

沈兮舔着干裂的嘴唇，拔腿便朝楼道里跑。因为大门是密码锁，她紧张之下输错了好几次，眼见着周清和马上走过来，她终于成功入内，大力拉开门后，只留下猝不及防被门撞到鼻子的周清和一个人在晚风中默默流着眼泪。

沈兮一路逃命似的回到了家，心跳得好像六岁那年偷摘邻居家果子，被他家的大黄狗狂追的那次一样快。

看起来周清和已经知道了刚才打他的人是她，所以来找她算账了。以周清和的本事，想弄死她简直易如反掌，她觉得休假的事迫在眉睫，这两天她有必要回老家去躲躲。

第二天，沈兮特意起早去了公司，孙文静因为陶星遥的事已经在公司吃住快半个月，她顺利拿到审批单，又像做贼似的小跑着出了公司。

此时外面晨光初亮，空气还很清新，不过是呼吸一下的工夫，一辆黑色的线条流畅的轿车便紧压着她鞋尖停在了她的眼前。

陶星遥脸上罩着大得有些夸张的墨镜，坐在后座，透过放下来的车窗看着沈兮笑：“能麻烦您让一让吗？”

沈兮如梦初醒，忙向后退了一大步。

“谢了。”下车之后，陶星遥微俯下身子对车里的人道了声谢，然后又看了沈兮一眼，这才进了公司。

沈兮觉得气氛有些尴尬，她摸着鼻尖，不动声色地又向后退了一步，正要转身开跑就被车里的周清和给叫住了。

“你们公司不知道那个爆料人是你吧？”

其实就工作性质而言，沈兮小号的爆料与公司起了冲突，是属于违反公司规定的。她认命地停下脚步，转头看着周清和：“你想干什么？”

“上车。”

沈兮僵着脸握着方向盘。看得出来小杜比她还僵硬，他坐在副驾驶上，目不转睛地瞪着她，生怕她再度对周清和动手。

“前面路口把小杜放下。”一路无话的周清和终于开了口。

小杜闻言几乎从车里跳起来：“周总，这……”

“没关系。”周清和朝他笑笑，“这两天你辛苦了，这段时间好好休息一下。”

小杜下车后，沈兮心里更紧张了，等红灯的空隙，她从后视镜里看了周清和一眼：“你叫我上车就是为了让我给你当司机？”

“不然呢？”周清和挑眉，满脸的理所当然。

想到他受伤的手，沈兮自知理亏，想了想，老老实实地给人道了歉：“对不起，我那时候不知道是你。”

“你应该庆幸我不是左撇子。”周清和把车窗放下了点，“说说，写那篇帖子的初衷是什么？为了黑我而黑我？”

他总结得还算准确，当然，还有另外一点是来自对陶星遥的迁怒。

沈兮没回答，只是避重就轻问：“你家住哪儿？”

她不接话，周清和倒也没计较，他笑眯眯地报出了自家地址：“丽水湾。”

沈兮猛地踩了脚刹车，周清和在后排没系安全带，由于惯性整个人向前冲，左臂狠狠撞向前座，他脸顿时一白。如果不是因为他在车里，沈兮毫不怀疑他会冲过来就地解决了自己。

“C 区 5 栋。”周清和忍痛又说了楼号。

沈兮一时觉得天灵盖都在冒烟，如果她知道有一天周清和会跟她同住一个小区，她是绝不会在丽水湾买房子的！

下了车，沈兮没理周清和，步履匆忙进了楼里。等电梯时，见他缓步踱了过来，她心里更觉绝望。

“你还有事要说吗？”她不死心地问。

“有。”周清和微微扬了下下巴，“帮我按一下十二层，谢谢。”

沈兮突然有种下雨天出门踩到泥坑的感觉，她家也在十二层，丽水湾一梯两户，很明显，两个人是邻居。

“这段时间就麻烦你多照顾了。”周清和看着光亮得像面镜子的电梯门，“我早上七点起床，早点可以不用准备，午餐可以在外面解决，但是晚餐就麻烦你多费心了。”

沈兮丈二和尚摸不着头脑：“我为什么……”

“在星河，升职挺不容易的吧？”他看了她一眼，“先预祝你升职顺利。”

直到躺在床上，沈兮都没想通自己怎么莫名其妙就成了周清和的助理。但事已至此，身为过错方，她也不想再挣扎，反正他主动表示，在她照顾他期间，所有的费用由他承担。这么想想，她也不必矫情了。

沈兮第二天特意早起做了早餐，煎了蛋熬了粥，怕周清和吃不饱又咬牙额外附赠了一锅蛋饺。

周清和看着站在自家门口的沈兮，一时没反应过来两人现在的“雇佣”关系。他微微皱眉，问：“有什么事？”

这是沈兮第一次看见周清和早晨起床的模样，这会儿他的单眼皮硬生生睡成了双眼皮，带着自然卷的头发凌乱得像鸡窝，头顶还翘起一撮，仿佛一根黑色的小天线。

她托了托手里的碗：“早饭。”

周清和愣了一下，这才看见她手上还端着碗盘。他侧身让开了门口的位置，指了指餐厅：“放那儿吧。”

沈兮依言进了屋。这些年她习惯独居，冷不防去到别人家，整个人说不出的拘谨。

把盘子放到桌上，她一转身，赫然发现周清和就站在自己身后，她吓了一跳，右手紧接着就要挥上去。周清和这次反应倒是快，一个侧身就躲过了她的攻击。

“就这么喜欢打人？”他挑眉，“以前没发现啊。”

她没回答，只是咬下了嘴唇：“你先吃吧。”

“七点半准时出发。”他低头看着一个个小巧精致的蛋饺，“小杜休假了，这段时间辛苦你兼职一下司机。”

“我……”

“额外付钱。”

她又将话忍了回去：“那我回去收拾一下。”

“等会儿。”周清和叫住了她，“你看我这是能洗碗的样子吗？”

沈兮：“……”

沈兮暂时取代了小杜的职务，当然，周清和公司的事她无法触及，她只负责给他洗衣做饭并且接送他上下班，说通俗点，就是保姆。

自从给他当保姆，她可谓是吃了不少苦头。以前上学时两人虽然谈过恋爱，但接触实在不深，她从来不知道他对吃如此挑剔。

西红柿不吃，但是吃番茄口味的东西；喜欢吃肉，但是炒菜里放的肉他是不吃的。

只不过是第一天正式上岗，她就已经祈求上天，她宁愿再去给陶星遥写一万篇洗白稿，也不愿与周清和以这样的方式相处。

周清和径自拖开椅子坐在餐桌前，看了眼泛着蜜色汤汁的糖醋肉：“你还挺会做菜的。”

宛如女仆的沈兮站在桌边翻了个白眼，没说话。

他咬了一口糖醋肉，唇齿间顿时盈满肉汁。比起外面的大厨，沈兮的手艺实在算不上好，但偏偏就有股外面吃不到的味道。

片刻后，他放下筷子：“要不这样，以后我继续买食材，由你来帮我做饭，做好的饭你可以拿走你的那份，怎么样？反正你自己也是要做饭的。”这些年他上顿外卖下顿酒店，好吃是好吃，但总是缺了点什么味道。

周清和的伙食标准有多高沈兮是知道的，四舍五入算下来，她也算吃了白食。这样的买卖稳赚不赔，所以她毫不犹豫地就同意了。

“你回去列一份一周食谱。”周清和认真得就好像在谈公司的发展规划，“整理好了给我一份。”

沈兮想照着他的后脑勺来一巴掌，按照他们的交情，她不给他吃七天空气都算大慈大悲。

周清和不知道沈兮的心理活动，全心全意地吃着饭，而沈兮才刚出门就又转了回来。

“怎么了？”见状，他忍不住问。

沈兮面色有些不自然：“我刚刚出来得着急，忘记带钥匙了。”

周清和：“所以？”

她指了下阳台：“我得从你家爬过去。”

他若有所思地看了眼她，突然觉得有必要把两家中间的阳台加个阻隔墙，不然他真的太不安全了。

“不安全。”周清和说。

沈兮以前曾撞见过楼下的邻居忘记带钥匙时都是这样做，况且两家的阳台仅一步之遥，压根儿没有难度系数。她动作利落地爬上了窗户，周清和在后面拉着她的衣服，直到看见她轻轻巧巧地跳进了自己家的阳台，这才放手。

“谢谢你。”

她礼貌致谢。回应她的只有关窗户的闷响以及拉窗帘的声音，她看得出来，如果可能，他还想把窗帘缝得死死的，生怕她半夜顺着阳台爬到他家对他为所欲为。

啧！

要给周清和做饭，每天早上沈兮就得早早去小区旁边的超市买菜。

时值周六，她照例早起，一开门，正见晨练的周清和回来。

看见她手臂间挂着的菜篮，周清和挑了下眉：“买菜？”

她低头看了眼自己的造型，难道她现在看起来像要逛街去的贵妇?

“一起去吧。”周清和说完，率先进了电梯。

买菜这活沈兮之前没少做，只是跟异性一起逛超市，她真是破天荒头一遭，她有些别扭地走在周清和身边。

一如当年两人谈恋爱那会儿，周清和依然事多得可怕。

没走几步，他就开始发表意见：“这么远你怎么不开车？”

其实从丽水湾步行不到十分钟就能到超市，所以沈兮觉得，他这个人可能在距离认知上有什么障碍。或者，她想，也可能他家的卫生间都有几百平方米?

第二章 -
锅从天上来

沈兮的厨房已经从自己家搬到了周清和的家里，东西不多，只有一些调料瓶，但都摆在料理台上，花花绿绿的，让他那冷冰冰的厨房看起来温馨了不少。

她坐在厨房里刷小龙虾，因为是买的活的，所以这些小玩意儿个个张牙舞爪不肯安分，刷着这只，另一只可能就爬出了盆外。

沈兮悔得肠子都青了。

刚才在超市，走到水产区时，周清和脚步一顿：“买点小龙虾吧。”

她看了他的左臂一眼：“我不会给你剥的。”

周清和：“一百块钱剥虾费。”

“你想吃蒜香的还是麻辣的？”

沈兮咬着牙，恨不得把“富贵不能屈”五个大字刻脑门上提醒自己！

她这厢忙得焦头烂额，而周清和则像大爷似的坐在桌前看文件，两人各忙各的，氛围竟意外和谐。

门口传来开门声的时候，周清和正要去卫生间，身子还没站直就见几个人扛着几箱啤酒、拎着几袋下酒菜鱼贯而入。

来的这三人是周清和的发小，其中杨炀是周清和和沈兮的大学同学。他们是真正一起光屁股长大的兄弟，几个人互相都有对方的钥匙，所以出入极其方便。

周清和下意识地往厨房那边看了一眼。杨炀见他的面色有些不对，也跟着看向厨房，这一看，正见沈兮追着小龙虾出来。

几人起初正在互相打趣，此时一见沈兮，气氛以肉眼可见的速度沉寂了下去。

几人都一语不发地盯着周清和，满脸的戏谑。

周清和揉了揉额角：“我觉得我可以解释。”

沈兮明显被屋里突然多出来的这些人高马大的男人吓着了，尤其是在看到杨炀之后，更是觉得心中有一千万只羊驼呼啸而过。

“沈兮？”杨炀一眼就认出了她，他“扑哧”一声笑了出来，揽过周清和的肩膀，“哥们儿，复合了？”

沈兮故作镇定地摘下手套，边说边向门口走：“我只是过来帮忙，你们先聊。”

周清和看着她：“我剥虾费都付了，你现在给我撂挑子？”

她有些头疼：“我现在怎么给你剥虾？”

他觉得她的话不无道理，略微沉思了一会儿：“一会儿你拿回家剥完从阳台递过来。”

“……”沈兮想买锤子，真的想。

几个好友好些日子没见，酒足饭饱之后大家坐在沙发里聊天。

杨炀喝酒爱上脸，这会儿他满面通红地拍着周清和的肩膀：“沈兮其实挺好的，比陶星遥强。陶星遥那时候一拖你就是那么多年，明知道你对她有意思也不表态，这不明摆着拿你当傻子吗？”

周清和与陶星遥算是青梅竹马。周清和的人生到大学前为止，成长的风景里从没缺少过陶星遥的影子，他那点事，身边的朋友都知道。

“哥们儿虽然没有什么恋爱经验，但看人还是很准的，你俩不合适。陶星遥虽然也是我朋友，但我不能眼睁睁地看着你俩互相折磨。”

周清和哭笑不得，杨炀说了那么多，他只抓住了一个重点。

沈兮其实挺好的?

他陷入沉思。他倒觉得这个女人视财如命又暴力，除了长相和身材，她到底是哪里好了？

沈兮回到家后顺手整理了下家务，刚忙完便听见微信视频请求的声音，摸过手机一看，是母亲方洁发来的视频。房间的温度似乎在刹那间便降下去了不少，她淡淡地盯着屏幕，半晌才接起来。

屏幕那头，方洁脸上的笑带着些讨好：“兮兮是不是休息了？”

方洁今年不过五十岁出头，却已是满头银发，脸上的皮肤因为从没保养过而变得松弛，尤其是眼角的皱纹难掩沧桑，看起来比真实年龄大了十多岁。

沈兮轻轻动了下嘴角：“嗯。”

“你弟弟……学校一直催着要学费，不知道你那边还能拿出来多少？”

方洁与沈兮联系的次数有限，或许是不想也可能是不敢，但这有限的联系中，没有一次不是因为她的弟弟。

“我现在手里只有五千。”她觉得有些心累。

方洁的笑淡了些：“只有五千啊？你现在的工资这么少吗？”

“我也需要生活。”沈兮突然连话都不想说。

方洁在她小的时候就跟她的父亲沈江离了婚，当时因为抚养权的问题两人当着她的面互相谩骂，后来两人各自摔门离开，她被送到奶奶生活的小镇子由奶奶抚养。方洁和沈江很快各自成家，现在方洁口中的“弟弟”就是方洁和二婚丈夫赵万合生下的孩子赵宪超，听说赵万合与她结婚后没多久就出轨了，只是方洁一直不同意离婚，最后拖拖拉拉了十几年，到底还是离了。

孩子被判给了方洁。方洁没有文化，好的工作找不到，所以她只好给人做些粗活，因为常年劳累，身体落下不少毛病。

前几年一次偶然的机会，她重新联系上了沈兮，没多久她便带着赵宪超跑到沈兮的跟前诉苦。沈兮其实是反感的，但是在她的童年，方洁曾给过她一个幸福完整的家，所以当时看到方洁佝偻着身体伏案痛哭时，她松口了，答应与方洁一起抚养赵宪超到十八岁，只不过在这期间她拿出的钱，赵宪超要给她打个借条。

“兮兮，小超现在还差一万块钱，你看你能不能想办法凑一凑？”方洁放轻语气恳求道。

沈兮知道自己的母亲这几年的日子过得很苦，此时看其如此低声下气，她到底还是没能硬得起心肠来。

“他什么时候要？”

方洁见沈兮肯松口，就知道这事八九不离十了，不禁松了口气：“听他说这段时间学校一直催，这事就麻烦你了啊兮兮。”

沈兮应了一声，正要挂断视频，又听方洁说：“兮兮，这么多年是妈妈对不起你，真的对不起，你讨厌我也是正常的。”

“早点休息吧。”沈兮实在说不出原谅的话，直接挂断了视频。

沈兮的奶奶在她十八岁那年过世了，过世前给她攒了不少钱。沈兮把奶奶留下的钱另存了一个户头，这钱她告诉自己无论到什么时候都不可以动，所有供赵宪超上学的钱，都是她自己的钱。这么多年她虽然攒下了不少钱，但每一分都是自己付出辛苦劳动换来的，所以一万块钱她虽然拿得出来，但是多多少少有些不甘心。

第二天，她早起准备去银行给赵宪超汇款，刚一推门正好看见周清和从家里出来。

“出门？”周清和率先打招呼。

“嗯。你中午想吃什么，我直接把菜买回来。”她没细说自己要去汇款的事，轻巧地把话题转开。

“糖醋肉吧，还有蒜蓉油麦菜，你再看看你想吃什么，一起买回来。”

两个人之间的对话实在太像老夫老妻，所以在周清和的话音落下后，气氛突然变得有些微妙。沈兮假意没感受到尴尬，麻利地向楼下走：“好，我知道了。”

银行的人并不多，沈兮在柜台填着单子，手机突然响了起来。她低头扫了一眼号码，见是赵宪超，眉头当下一皱。

电话一接通，那边就传来青少年变声期特有的嘶哑嗓音：“姐，我的学费你凑齐了没有？妈说你答应给我转了，我怎么还没收到？”

赵宪超说话的时候向来不客气，沈兮做这一切在他看来好像是理所当然。

“学校都催好几次了，这次怎么这么慢？是不是你变卦了？”赵宪超越说越不满，到最后几乎是带了嘲讽。

沈兮按捺住挂电话的冲动，淡淡道：“赵宪超，你跟我说话最好客气点，我不欠你的，我要是不高兴，你就别上学了。”

赵宪超一听，知道自己惹怒了这尊活财神，当下语气一变：“姐，我这不是跟您开玩笑的嘛，您别生气，我这也是着急，学校都催我好几次了，当着那么多人的面，我特别没面子。”

听方洁说，赵宪超的性格跟他爸爸一模一样，小小年纪就不学好，整天游手好闲，在学校的时候没少偷同学的东西，老师找过方洁好几次，但他屡教不改，最后学校下了最后通牒，如果他还是毫无改进，那学校将进行劝退处理，如此一来，他最近才算有所收敛。

赵宪超今年十七岁，说小也不小，说起话来带着社会上的一些习气，听得沈兮眉头越皱越紧：“我正在给你汇款，一会儿你看看收到短信提醒没有。”

听到她这么说，赵宪超顿时高兴起来：“好嘞姐，我现在就等着，你快点啊。”

那边的声音突然变得有些嘈杂，几道不同的声音接连响起，说了什么沈兮听不清，只能听到那边传来一阵阵阴阳怪气的笑，仿佛是达成了某种目的后的得意，手机的通话孔明显被人捂住了。她这才发觉有些不对劲，但此时钱已经汇出，她也不好再说什么。

出了银行，沈兮越想越觉得哪里不对，赵宪超所读的高中就在她这座城市，她想了想，坐公交车直奔他的学校而去。

赵宪超的学校是依云市二十八中，这所学校鱼龙混杂全市闻名，学习风气实在有些一言难尽。

沈兮站在校门口看着正值课间操时间满操场的孩子们，她正要去跟门卫说两句话，余光突然看到一边一人半高的墙上多出了几个脑袋。她没来得及细想，人已经躲到了一旁的树荫中，下一秒，一个十七八岁的男孩从墙里翻了出来。

这人的打扮倒是不像学生，紧身半截袖加紧身九分裤，穿了一双豆豆鞋，头发理成了盖头，沈兮毫不怀疑下一秒他就要当着她的面跳上一段“社会摇”。

不待她多想，先后又有几个人从墙里翻了出来。她在暗处冷眼看着，这些孩子差不多是相同的打扮，有个更是将头发挑染成了各种颜色，她看得反感，正要别过头去，就听有一人朝着墙内喊：“赵宪超，你磨蹭什么呢？还不赶紧出来？”

沈兮动作一顿，回头看了一眼，正见一个男孩跳落在地。这人跟前面跳下来那几个男孩的打扮相同，只是嘴里骂骂咧咧的，语言不堪入耳，然后跟着那些孩子勾肩搭背地走了。

沈兮忍住冲上去把赵宪超按在地上的冲动，一路尾随着他们。出了路口，几个人准备打车，等车的时候，赵宪超对同伴们嬉皮笑脸地说：“今儿我又有钱了，兄弟们别客气。”

沈兮整个人气得直抖。

她进到学校，直接找到了赵宪超的班主任了解他的近期情况，这才知道学校根本没有找他要学费。

她血液全都冲上头顶，不由得怀疑这么多年他从她这里拿的那些所谓的学费，到底是不是真的交给了学校。

沈兮直接给方洁打了个电话，将情况说明。那边沉默良久，才传来声音：“兮兮，你以前答应我供他上学你不能反悔啊，超超也是你弟弟，你不能让他小小年纪就辍学啊。”

她的家庭曾一度让她对这个世界感到绝望，此时再听方洁的话，她竟觉得好笑：“您这么注重亲情，当初怎么没想着管管我？但凡当年稍微考虑到我的处境，我都不会变成今天这样。”

沈兮知道自己要是再说下去，一定会口不择言，她极力控制住自己的情绪：“以后没有别的事不要再联系我。”

气归气，但是答应周清和的事沈兮不能不办。回家的路上，她顺便去了趟家附近比较有名的大型超市。

最近这家超市经常促销，活动力度大得空前绝后，尤其是有些大牌化妆品，甚至可以拿到免税店的价格，她逛得不亦乐乎。推着车逛到水产区时，被一群衣冠楚楚正站着聊天的人挡住了去路，那架势一看便知道是领导下来视察。

她掉转车头，意欲避开众人，购物车的轮子在地上打了个转，毫无预兆地撞上一只“空军一号”，她的心“咯噔”一下，车轮印在那双雪白的鞋上真是不要太显眼。她叫苦不迭，就这么一双鞋，她一年的伙食费又泡汤了。

“对不起。”她熟练地给人道着歉，“我……”后半句话在抬头看清眼前人的瞬间自动消音。

眼前的男人留着寸头，鼻梁微微凸起一点似驼峰，那双本是双眼皮的眼睛细且长，眼中的犀利被浓密的睫毛遮去不少，但即便如此，还是难掩他的一脸凶相。

尽管男人已经尽力使自己看起来亲和一点。

沈兮握着车把的手蓦然收紧，她勉强扯出一抹算不上笑的笑，推着车转头便走。

“沈兮。”良久，男人还是开了口。

之前在聊天的人看见男人之后，纷纷过来打招呼，一口一个“张总”。就耽搁了这么一会儿，等他再回头时，超市里早已没有了沈兮的影子。

由于这家大型超市做活动，给周边超市带去了危机感，所以这片区域的超市无一不在搞促销，大家像白捡一般几乎搬空所有超市，这直接使得沈兮这一趟除了化妆品，什么都没买成。她有些心虚地揣着两管口红回家，连开门时都蹑手蹑脚。

“回来了？”周清和的声音传过。

她吓得一激灵，手中的钥匙随之落地。

周清和挑眉：“做什么亏心事了？”

沈兮看着他惯常板着的脸，突然想起冰箱里似乎还剩一块猪肉，腰板顿时挺直了些：“我这么光明磊落的人会做亏心事？”

周清和但笑不语。

沈兮回家换了身衣服便去敲周清和的门。其实为了方便，他早就给了她一把自己家的钥匙，只是她觉得以他们的关系，她随意进出他家里不合适，便一直没有用过。

良久，门才被打开。

沈兮即将出口的话全被摆在门口的那双小细跟凉鞋给吓了回去，周清和被她那瞬间变了的脸色给逗得当场笑出了声。

“你在笑什么呢？”温温柔柔的声音从客厅传来。

这声音沈兮无数次从电视里面听过，以至于她身上瞬间起了层鸡皮疙瘩。

尽管她不想看，但还是越过周清和的肩膀看到了坐在沙发上的陶星遥。想起这些年所受的折磨，她只觉得气血上涌。

“我先不进去了。”陶星遥看起来一时半会儿不会走，沈兮不想进去给人家添堵，想了想，又对着周清和嘱咐道，“现在你们还没有官宣，千万不要被记者拍到了，这样公司处理起来会比较麻烦。”最主要的是，沈兮自己也会很麻烦。

“这么操心？”周清和轻笑一声，“你下一个职位是星河的董事长吗？”

托陶星遥的福，周清和给沈兮放了一天假。

冷不防有了自己的时间，沈兮竟然觉得迷茫起来，原来这就是斯德哥尔摩综合征吗?

她越想越气，原本好好的假期也全都泡汤了，所以说陶星遥和周清和这两人就是天生绝配的祸害，一个折磨了她三年，一个巩固了她的病症。

她在家待得沉闷，便出门闲逛，出小区门口的时候特别留意了下周围有没有偷拍的记者，毕竟街道商圈硕大的LED屏上滚动播放的全是陶星遥的访谈或影视剧片段，由此可见陶星遥在圈内的地位。

沈兮一路闲逛到了市中心。眼下快要换季，作为娱乐公司的水军，她觉得自己怎么着也算摸到了时尚界的门边，穿着总不好太过随意，所以每年都趁换季买挺多衣服，今天自然也不例外，从商场逛一圈出来，她手上提着的袋子已经快把人给遮住。

由于视线受阻，还没等走到电梯处就撞到了人，衣服散落了一地，沈兮忙跟人道歉，一边道歉一边想，自从遇到了周清和她就不断地在给人赔礼道歉，他到底是什么瘟神？

她蹲在地上收拾着衣服，余光里看到刚刚撞到的人也顺势蹲在她身旁，视线放低，对方那双“空军一号”白得晃眼。那人默默在一边帮她捡着衣服，腕上挂着的那根纯银手链好像一把尖刀，生生剖开了她以为早已愈合的伤口。

开始，沈兮还规规整整叠着衣服，叠到后来逐渐心烦，干脆把衣服都胡乱塞进一个购物袋里起身就走。

男人沉默地在她身后跟着，始终保持着不远不近的距离。

外面太阳正盛，沈兮去到路边打车，男人也不阻止，只是安静地在她身边站着。有出租车司机停车，原本想载客，一偏头看见板着一张脸的男人，顿时一脚油门就走了。

“张云旗，你别跟着我了。”

世界上哪有那么巧的事，依云市这么大，从超市到商场，她总不会一直跟他遇见。

“这几年你过得好吗？”张云旗是烟嗓，无论是好听的话还是难听的话由他说出来似乎都带着强势。

“这些都跟你没关系了。”沈兮干脆放弃了打车，提着购物袋朝家的方向走去。

张云旗依旧不紧不慢地跟着，那脚步声一下下好像踩在了她的心尖上。

张云旗是沈兮的初恋。当年由于恋爱的关系，他往她家跑得太频繁，他家里便知道了两个人的恋情。也是那时，她才知道他根本不是“被寄养在姑姑家”的孩子，他是含着金汤匙出生的贵公子，只不过是随同母亲来云莱镇谈合作所以暂住一段时间而已。

故事很狗血，张家有头有脸，自然不能让张云旗与她这样身世的女孩子谈恋爱，所以他的家长出面干涉，再后来，他便一直没有再出现过。那时的沈兮二次遭遇亲情变故，奶奶的离世让她变得有些神经兮兮，因此也分外需要人陪伴在身边，但她却是独自一人熬过了那段暗无天日的时光。在那些日子里，她每天都很绝望，只是想到奶奶临终前的嘱托，她只能一次次熬过去。

张云旗一路陪沈兮走回家，沈兮不搭理他，他便也不出声，两人一前一后，一直走到楼下，沈兮手一松，把购物袋全放在地上，然后向张云旗伸出手。

“摘下来。”

他腕上的银手链是他十九岁生日那年沈兮送他的生日礼物，当时为他扣上卡扣时，她认真地告诉他：“只要我没要回这条手链，即便我们不在一起了，我也是爱你的。”

想到这里，沈兮真想捶死自己，当年真是年纪小，一上头什么话都敢说，他不过是一个负心汉，不值得她时隔多年想起依旧难过。

张云旗闻言，脸上的淡然终于裂出了一道口子。他下意识地把手腕藏到身后，整个人变得有些无措起来。

“沈兮，虽然现在说这些话有些晚了，但是你可以给我些时间让我跟你解释吗？”

沈兮的手又向前伸了些许，重复道：“还给我。”

两人僵持着，身后的单元门被人推开，沈兮回头，正看见陶星遥和周清和往外走。两人无意中撞见这场景，也是一阵诧异，气氛一时尴尬得无以复加。

她收回手，假装什么事都没发生，拎起地上的袋子便进了楼里。

周家和张家在圈里都排得上名，所以周清和和张云旗虽然从没有过交集，但两个人都是知道对方的。

周清和微微偏头，余光里，沈兮正没好气地按着电梯，他忍不住想笑，再抬眼时，正对上张云旗毫无情绪的眼，他微微颔首以示礼貌，后者则毫无回应地直接转身离开。

“你俩有什么过节儿？”陶星遥摘下太阳镜，挑着眉看周清和，“你看看他刚才那状态，啧，恨不能生吞了你吧？果然是秦汉的太子爷，挺有气势啊。”

周清和没理她。刚才张云旗的眼神他自然是看在眼里，只是他确定之前跟张云旗没有过交集，所以对于张云旗那毫无来由的杀气，他也觉得有些莫名其妙。

“刚才那个是我们公司公关部的沈兮吧？”陶星遥不在意周清和的态度，“我就说她没事就往秦汉泼脏水怎么一直没出过事呢，敢情背后有人罩着。”

“别没完没了。”周清和终于开了口，“好好拍戏，少往外跑。”

“啧啧。”陶星遥心里不太舒服，“到底还是初恋，不管什么时候都护着。”

她后天就要去外地拍戏，原本想今天约周清和吃顿饭，奈何他不给面子，她让杨炀给他电话也没起作用。周清和犯起倔来连他爸爸都拿他没办法，所以陶星遥只好作罢。

“这事就是你活该。”

没约成周清和的陶星遥改约了杨炀。杨炀打小就爱打击她，这会儿也不例外，人刚落座就开始数落她。

“哥们儿一早就跟你说过让你见好就收，你自己作成这样谁都没办法。”

陶星遥把茶壶重重地放在一边，面上也不再伪装得体的笑，她直接在桌下踢了杨炀一脚：“所以我这不是在挽回了嘛！但是周清和他现在跟以前根本不一样，他完全变了一个人。”

杨炀龇牙咧嘴地揉着小腿：“当然不一样。以前他是喜欢你，自然你说什么就是什么，但是现在，你说你是什么？我劝你别耍那些小心思了，他要是烦了你，有你好受的。”

“那他现在跟沈兮算怎么回事儿啊？”陶星遥在杨炀面前与在荧幕上判若两人，她没好气地敲打着餐具，“他俩现在走得这么近，我怎么努力肯定都没用。”

周清和被人念叨着，打了两个喷嚏。

神游太虚的沈兮被他的喷嚏拉回了思绪，慌忙关火，盛菜装盘。

餐厅的吊灯是周清和特意选的柔和的橘黄色，光线所照之处，所有东西看起来都温柔不少。

沈兮尽量使自己看起来自然一些。

“你先吃吧，一会儿我过来洗碗。”

周清和没急着动筷子，他玩味地看着她：“前男友？”

沈兮睨了他一眼：“我感觉你可能不太饿？”

在她的印象里，周清和一直属于事不关己高高挂起的类型，怎么现在岁数大了也学会操心了？那就不能先管好陶星遥，让陶星遥别作吗？

周清和大概被伤了自尊，整个晚上一直也没再搭理沈兮。

半夜时分，沈兮睡得正香，突然被枕头下振动的手机给惊醒，她几乎是从床上弹起来，看也不看就抓过手机，第一句话便是：“陶星遥和周清和又被拍到了？”

手机那边久久无声，她把手机拿到眼前一看，“周清和”三个大字映入眼帘。

她无语，又一头栽回床上：“怎么了？”

“送我去趟公司。”那边传来一阵窸窸窣窣的声音，想必是周清和正在穿衣服。

沈兮一肚子的火没处发，的确，他现在是付她工钱，出钱的是大爷，所以别说他半夜要去公司，就算要出国，她也得兢兢业业地把人送到机场。

周清和的公司好像出了些问题，当然，这些沈兮都不方便打听。把人送到后，她便乖乖等在他办公室的休息区，这一等就是整个后半夜，后来她体力实在不支，趴在沙发上便睡了过去。

周清和依然在桌前看着文件，刚才市场部的经理给他打电话，告诉他之前他们看上的那块待签合同的地皮貌似出了些状况。那块空地旁边就是学校，所以如果合作有变，直接损失的利益便可达八位数。这是他经手的第一个房地产项目，所以不想出任何差池。

现在，他已经了解了整件事情的经过，制造麻烦的不是别人，正是今天白天见过的张云旗。

周清和摸着腕上的表，原本微微皱着的眉渐渐舒展开。门口沈兮正趴在沙发上睡得昏天暗地，口水流了一沙发，看着桌上有关张云旗的一沓资料，他轻笑一声，突然觉得事情变得有趣起来。

他给秘书办打了个电话："约张总吃个饭。"

沈兮睡得正香时被周清和叫醒，她条件反射般起身朝门口走。

周清和眼疾手快，抓住她的后衣领把人拎了回来。

"把你口水擦干净再走，我花钱请你恶心我来了？"

沈兮一个不察被他拉得踉跄几步向沙发倒去，她下意识拽住他那条"装饰性"手臂。眼见就要坐到那摊口水上，周清和拼尽最后一丝力气才把她垫在身下。

沈兮："……"

到了楼下，周清和嫌弃沈兮身上的口水，非要让她自己打车回去。这会儿已经是早上八点，他丝毫不担心她的安全问题。

沈兮不同意，死皮赖脸地上了他的车。

周清和一路都没跟她说话。

到了家，还是沈兮主动开口："中午吃什么啊？一会儿我直接买了菜上去。"

经她这么一提醒，他骤然想起中午约了张云旗吃饭。他抬头看了眼后视镜，嘴角挑起抹意味不明的笑："中午送我去个地儿，午饭你是跟我一起吃还是自己解决？"

沈兮毫不犹豫："你掏钱，我自己解决。"

张云旗早已笃定周清和会约自己吃饭，接到电话时他并未端架子，他提前了三分钟到达饭店时，周清和已经坐在了座位上。

知道张云旗肯定也对自己做了功课，周清和没有拐弯抹角，开门见山道："因为沈兮？"

张云旗摸着自己的寸头，没急着开口，他盯着门口不知道在想什么。

"张总。"周清和语气微沉，虽然人看起来文质彬彬，但气场竟也没被对方压下去。

"哥们儿，我就问你两个问题。"张云旗靠回椅背，跷着二郎腿，屈起食指有节奏地轻叩着桌面，"你跟陶星遥是什么关系？你跟沈兮又是什么关系？"

周清和没答，顺手给张云旗倒了杯茶："说说条件。"

"房地产这块我没想诚心跟你抢，当然，我也啃不下这块地皮。"张云旗把杯子向旁边一推，滚烫的热水浇在手背，以肉眼可见的速度，那块被溅到的皮肤变得通红，“但如果你是沈兮的男人，你就离陶星遥远点，不然我就算倾家荡产，也不会让你潇洒过日子。”

周清和公式化地扬了下嘴角，笑意并未到眼底：“张总言重了，听说您最近收购了万特福超市，我先提前祝您经营顺利！”

沈兮接到电话来找周清和时，正见张云旗从店里出来，她脚步一顿，正要离开就见周清和在张云旗身后向自己招手。

她翻了个白眼，认命地朝他走去。

张云旗插在裤袋里的手蓦然紧攥成拳，他面上维持着平静，见沈兮一步步向自己走来，再越过自己，走向另一个男人，全程显得过于冷漠。

“等很久了吧？”

比起平时，周清和的身上似乎多了些人气，他笑靥如花，亲切地跟沈兮说话，就好像大领导亲自下基层慰问民工那般，使沈兮身上的鸡皮疙瘩此起彼伏。他的笑一直维持到张云旗驱车离开，几乎在同时，他脸色一撂，转身便上了车。

九天假期很快结束，沈兮已经被周清和折磨得不成人形，好在陶星遥人在外地拍戏，没法跟他“里应外合”，所以她有幸留着条“狗命”继续上班为爱发电。

“沈兮，怎么休个假还把你休瘦了？”孙文静早上一来就看见她窝在椅子里补眠，主动打招呼，“你别说，这几天不见，还怪想你的。”

沈兮把眼罩向头上一推：“鬼知道我这几天经历了什么。”

孙文静爽朗一笑，话里有话道：“这几天谈男朋友了？”

沈兮摇头，不是她不想谈，只是一找就是一富二代，正爱得死去活来就被分手这事谁能受得了？有张云旗一次教训就够了，轮到周清和的时候，为了避免重蹈覆辙，她在刚发现他的家庭背景之后就提了分手。现在想想，周清和挺冤的，但是她从小到大被抛弃了太多次，亲情没法选择，爱情就必须要谨慎一些。

“我前几天出差，发现秦汉有一男孩瞧着不错，给你介绍介绍？这段时间你可以来公司打个卡就走，你也到了谈恋爱的年纪了，有些事得考虑一下了。”

沈兮摇头：“我爱工作，工作使我快乐。”

“下周陶星遥要回来一趟……”

沈兮义正词严道：“孙姐我觉得你说得非常对，我俩先加个微信吧，看看要是合适就发展发展。”最好在陶星遥回来那几天就把婚结了然后出去度蜜月，总之，只要避开陶星遥就是安全的。

沈兮这厢小日子过得如鱼得水，反观周清和，他的日子便有些索然无味起来。

他的伤势恢复得很快，这才不到半个月，手已经差不多康复，只是这段时间使唤沈兮使唤得太顺手，突然人不在了，他心里总觉得有些空落落的。

这天，他半夜回家，走到楼下时特意抬头看了一眼，十二层一片漆黑。鬼使神差地，他突然想起那会儿张云旗的那句“你如果是沈兮的男人”，他越琢磨越觉得这个称呼不错。

到了家门口，漆黑的楼道中，声控灯应声而亮，他适应了光线，突然看见窗台边站着的一个人，不禁浑身一凉，只是面上依旧维持着淡定：“陶星遥你有毛病？”

陶星遥没说话，成串的眼泪不要钱似的往下掉。

第二天，沈兮是被夺命连环 CALL 从梦里催起来的，阮萌萌的声音一从电话里传出来，她的右眼皮便像抽筋似的跳起来没完。

“兮姐，陶星遥的消息又爆了。”

沈兮原地清醒，忙打开网页，果不其然，铺天盖地的全是陶星遥的名字。据说这段时间去外地拍戏，她的状态一直不怎么好，拍到中期她直接跟导演起了冲突，后面在剧组实在待不下去，便连夜回了依云。当然，这倒没什么劲爆的，劲爆的是后面的消息和配图。

她半夜到了依云后直接去了周清和的家，两人在月色下相拥，一连九张照片，张张都是高清。照片里周清和的整张脸露了出来，饱满的额头与高挺的鼻梁一览无余，甚至连浓密的睫毛都根根清晰。

沈兮扶额，周清和现在是众矢之的，一定会被陶星遥的粉丝喷到自闭。她忙刷新了一下微博，不承想，大家却纷纷刷起了“理解陶星遥为爱奋不顾身”的话题，大部分人表示，如果她们的男朋友是周清和，以后吵架错都在自己。

沈兮无语——这个看脸的社会真是让人无语。

来不及洗脸，她准备去敲周清和家的门，刚一拉开自家门，忽然见楼梯口以及周清和的家门口站了好些疑似保镖的人，这些人如同一个模子刻出来的般面无表情，那衣服都险些包裹不住的肌肉把沈兮成功地吓回了家中。

她给周清和打了个电话，听声音他是被她的电话吵醒的，嗓音仍然嘶哑：“怎么了？”

听听这语气，若不被偷拍个二三十年怎么能练就如此风淡云轻的气魄？

“陶星遥还在你家吗？”沈兮觉得头有些疼。

照片是昨天半夜被拍到的，后续也没有拍到陶星遥离开的照片。

“嗯。”周清和敷衍地应了一声，“你找她？”

“你让她藏好了别出来，一会儿她的经纪人应该就会想办法把她运出去。”沈兮恨不能离陶星遥十万八千里远，怎么会主动靠近她？

沈兮随手把窗户打开，鼎沸的人声立时传了上来，伴随着快门响起的声音，显得吵闹不堪。小区的安保人员正在楼下维持秩序，一个个如临大敌。

大约十五分钟后，罗绮的私人汽车出现在楼下。因为之前的文案已经提交，所以这次沈兮并没有像以往那般手忙脚乱地现赶稿子，这会儿她躲在窗帘后看热闹，只见罗绮三伏天里捂得好像重感冒患者，力排众人朝楼里挤。

人潮一波接着一波地涌来，其中不乏陶星遥的粉丝，小区里挤不下，大家便在小区外等着，大有今天不跟陶星遥近距离接触便不罢休之意。

周清和的家里，陶星遥站在阳台向下看，眼中甚至带着些俏皮：“周清和，我的人气还是很高的对不对？”

昨晚回家之后，周清和直接洗澡睡觉，毫无心理负担地把陶星遥扔在客厅晾了一夜。

罗绮第一次与周清和会面，这会儿人有些局促地站在门口，听到陶星遥的话后，恨不能把她的嘴缝上。

“不要总给人带去麻烦，这不好笑。”周清和一边整理着领带，一边透过镜子去看陶星遥，“如果你不想在圈里待，我会去跟陶叔说。”

当明星是陶星遥从小的心愿，那时陶家铭嫌丢人不同意她入行，还是周清和出面去说的情，陶家铭这才勉强同意。

陶家铭一直很喜欢周清和，两家的实力难分伯仲，他也有意跟周家结为亲家，只是他那不争气的女儿扶不上墙，不知道这些年都在干什么，磨磨蹭蹭就是没有两人的好消息传来，之前他还经常关心一下两人的情况，到现在，他连问都不想问了。

陶星遥嘴角的笑意未变，她双眼几乎笑成一弯月牙：“给人带去麻烦？你是指沈兮吗？”

周清和回头看着她，良久，也跟着笑了起来。

一直没敢说话的罗绮见气氛似乎有所缓和，正要活动一下站得发酸的脚，就见周清和的脸色倏然一沉，笑意荡然无存，说：“陶星遥，你的绯闻如果再带上我你试试。”

周清和出门时，正好赶上沈兮探头探脑朝楼梯口看，他把住沈兮家的门框，大力向沈兮推去，又在门板撞到她之前停住，吓得她险些跪在地上。

“周清和你是不是有毛病？”她两腿阵阵发软。

周清和：“上班吗？”

她早已穿戴完毕，就差一丝穿过那些保镖下楼的勇气，闻言忙不迭点头。

周清和嗤笑一声：“还不跟上？”

周清和走后，楼道里的保镖也尽数散去，罗绮带着陶星遥出了门直奔地下停车场。罗绮的脸色很难看，直到上了车，她才开口：“拍照的人是你找的？”

众所周知陶星遥在外地拍戏，所以狗仔队不可能一直守在周清和家等着拍她，而且再看那阵势，这分明就是一场有组织有预谋的行动。

出了小区，陶星遥把车窗放下，热风瞬时涌进了车内，她微微闭眼，想借由脸上感受到的暖意暖暖她的心。

“说话。”罗绮的语气越发不耐烦起来。陶星遥虽然咖位高，但自她出道一直到现在，没少给自己添麻烦，这两天罗绮已经在考虑跟公司提交不再带她的申请。

罗绮一直知道周清和不是她能惹得起的，她刚在这行里混出头，实在不想因为陶星遥而葬送了自己的前途。

“是。”陶星遥大方地承认。

罗绮脸色铁青，陶星遥这一举动无疑是在加速她在圈里枯萎的速度。

“我以前就跟你说过，周清和不是你可以倚靠的人。”

陶星遥脸颊上的酒窝深深显现出来，她依旧没睁眼：“你也说过，你也不是我的倚靠，不是吗罗姐？没有任何人站在我的身后，我一开始就知道的。”连她的父亲都是如此，如果不是那些年看周清和一直对她不错，重男轻女的陶家铭可能看都不会看自己一眼。

第三章 -
有一点想你

托了孙文静先前介绍的对象的福，沈兮过了几天逍遥日子。今天到了公司之后，她照例打个卡就要走，毕竟之前已经交出了三个方案，接下来是陶星遥经纪人的工作范畴。

她哼着小曲儿收拾着桌面，整个人说不出的快乐，把小包朝肩上一甩，就要潇洒离开，一转头，忽然见孙文静一脸苦大仇深地进来，拍了拍手，召集大家去到会议室开会。

“周清和这个名字以后不允许跟陶星遥一同出现。”孙文静拿着早上上头发的文件，反复强调，“以后也要杜绝周清和的名字跟陶星遥捆绑出现。”

沈兮闻言，快乐已经灰飞烟灭，她抠着桌沿克制住即将喷发的怒气。

“为什么？”

没了周清和还有李清和、王清和，不管哪个清和她又要重新去建立自己的数据库，就好比一本小说写到中期突然被要求换男主角，这确实是有点坑。更何况出了昨天偷拍的事，今天又被要求以后陶星遥不能捆绑周清和，事情的性质突变，她之前连假都没休成写的三个方案都没用了。

“这是上面的意思，我也无权过问，总之沈主管，知道文章的侧重点了吗？”

沈兮敲键盘的声音越来越大，把脏水泼到周清和身上公司肯定不同意，因为周清和他们得罪不起。她猛灌了一杯水，所以她只能写陶星遥这几天开悟了，昨天是去找周清和告别，也是因为要告别深爱的人，所以情绪一直不高，这才跟剧组起了冲突。

这篇文章将陶星遥的里子和面子都顾及了，沈兮觉得除了她自己，全公司的人都会很满意。

闲暇时，沈兮溜到演艺部去打听消息，进门见演艺部的同事们正聚在一起喝茶聊天，这才知道陶星遥的作死行为对公关部的影响是最大的，除了公关部，其他部门似乎都很闲。

“陶星遥这次是真的完了，剧组那边要换人，之前接的那些综艺也全泡汤了，她是不是得罪周清和被甩了？这资源怎么突然之间差成这样？”

“你没看公关部写的嘛，话里话外就是她被甩了，公关部还得强行替她挽回尊严，我突然有些同情公关部的了。”

沈兮从头到尾人都没登场就已经把消息听了个七七八八——陶星遥要被公司雪藏了，之前签的剧也被临时换了女主角，她从出道一直作到现在，似乎终于把自己作上了绝路。

现在只要一打开微博，排行第一的话题一定是有关陶星遥和周清和的，随着这次的事情，连周清和的过往也被人挖掘了出来，当然，都是胡说八道居多。

沈兮随手登录了小号，发现自己的号又被网友们的评论给刷到瘫痪，大家称沈兮为“知名打脸博主”，嘲讽她之前假装自己是周清和的熟人，侧面暗示大家周清和和陶星遥在一起了，结果这么快就被打了脸。

沈兮觉得自己很冤枉，但见大家的气焰很嚣张，她骂不过，便很没有骨气地准备为自己先前的“不当”言论道歉，总之，一切以息事宁人为主，面子都不重要。

这厢沈兮正遣词造句，忽然见右下角的消息提醒疯狂地响了起来，不过片刻，消息提示便已经显示有999+，她不用看也知道肯定是哪个“才子”或者“才女”又评论了什么话。

在微博发送之前，她点开了消息提醒，大家都知道“自古评论出人才”，她也想看看今天的热评是哪一位。

当答案揭晓的时候，沈兮有点蒙，被点赞七万多次的那位网友的评论非常朴实无华，只有五个字加一个问号。

【晚上吃什么？】

这位幸运网友的名字叫周清和。

沈兮突然被自己的口水呛到，她颤抖着手点进了他的微博，原以为是有人冒充，结果发现这个账号的认证信息是：飞和集团总经理周清和。

沈兮立马给他打去了电话。

“大哥你能放过我吗？我没得罪你啊，是我前几天给你做的饭不好吃还是我的开车技术不好，你说，我都能改的。”

周清和这会儿正在参加一个与他毫无干系的会，因为实在无聊便登录了前几天让小杜给他注册的微博账号。小杜告诉他这个平台除了看新闻和八卦之外还可以跟人聊天，所以他找到了沈兮的微博账号，顺便跟她聊聊天。

“我正想问你，怎么我跟你说的话别人可以看到？”

这是他人生中第一次使用社交平台，有很多东西都不太懂。

沈兮对此深信不疑，一个连微博账号都还是一堆代码的人她能指望他懂什么?

她扶额：“你晚上有空吗？我教你怎么用，你先把评论删了。”

周清和倒是很配合，只是把自己之前的评论删了之后，他又礼貌地跟大家解释了一下。

【打扰大家了，我第一次用，不太懂，等她晚上教过我后，我再跟大家聊天。】

因为周清和的两条评论，沈兮的手机持续响了一天，到最后她直接把软件卸载，这才为自己谋得一片清静。

这次的事情在网上引起了轰动，风头早已盖过陶星遥，沈兮甚至不敢去想评论区会是怎样一片血雨腥风。

被关在家里面的陶星遥自然也注意到了周清和的事，她顺着周清和的评论点进他的账号，发现他只关注了一个人。凭着女人的第六感，她觉得他关注的账号所有者八九不离十是沈兮。

她几乎是没有犹豫，拨出了一个电话。

“帮我查个人。”

最近的天气太热，地表温度直逼 40℃，全市各所学校都取消了课间操并安排食堂熬绿豆汤防暑。

赵宪超端着碗，站在队伍的末尾探头向前看着，口中不时骂骂咧咧。班主任听到后不禁在他肩上拍了一下：“赵宪超你喝不喝？不喝你就回教室。”

赵宪超被当众呵斥，有些接受不了，将碗一摔，直接夺门而去。课他不想上，最近沈兮打过来的钱又要被花完了，他需要想想办法从她那儿再骗些钱来。

躲过校门口的保安，他直奔学校后街的网吧，口袋里剩的钱只够再包一宿。

赵宪超目不转睛地盯着屏幕，熟练地操纵着游戏人物。每当他所用的人物被击败，他便猛一拍桌子爆出一句国骂，惹得全网吧的人频频侧目，最后网管实在看不下去，走过来劝他。

“哥们儿，你别影响其他人行吗？”

网管长得凶，赵宪超不敢惹，点头哈腰地应承下来，等游戏人物再被击杀后，只敢咬牙瞪眼生闷气，憋得额角青筋暴突。

余光里见有人坐在自己的旁边，他下意识地向右边瞥了一眼，见来人是一个戴着口罩的年轻姑娘，皮肤又白又嫩，他当下咽了口口水。

“你是赵宪超吗？”

年轻姑娘率先开口打招呼。

他一愣，忙点头，然后问：“你是谁啊？”

年轻姑娘笑得更灿烂了：“我是你姐姐的朋友啊，你姐姐说你有好一段时间没管她要钱了，担心你有事需要钱，所以我偷偷来给你拿一些。”她说着从包里拿出来两沓现金，“你先花着，不够再联系我，只是这几天你姐姐跟我生气了，所以你不要跟她提起我啊。”

赵宪超看见桌上那两沓钱，眼睛发直，哪里还管她是姐姐的朋友还是敌人。环顾四周之后，他鬼鬼祟祟地把钱揣进裤袋，又如获珍宝般把对方的手机号码存到自己的手机里。

“有事常联系啊。”年轻姑娘送完钱便起身要走，出门时朝赵宪超俏皮地眨了下眼睛，“记住不要告诉你姐姐，被你姐姐知道我就没法给你拿钱了。”

沈兮被人念叨着，打了两个喷嚏。周清和觉得自己的脸上似乎被溅到了口水，嫌弃地一把夺过自己的手机，随手扯出一张消毒湿巾擦了下屏幕，擦着擦着或许是想起了什么不好的回忆，对她说道："你离我手机远点。"

沈兮无语，难道不是他一下班就过来不耻下问的吗？她这个老师还没说什么，他倒开始嫌弃起来了？

手机的振动截住了她即将出口的奚落，低头看了一眼来电，见是孙文静之前介绍的那个男孩，当下说话声音都温柔不少。

"Hello！"

周清和擦手机的动作一顿，沈兮甜腻的声音让他头皮有些发麻。

男孩叫许文臣，比沈兮还小两岁，目前在秦汉法务部工作。之前孙文静瞒天过海把两人叫出来吃过饭，饭后又找理由先离开，留下两个人面面相觑。好在两人都没有谈恋爱的意思，只是不好驳孙文静的面子，这才又找了一家咖啡馆坐了坐，就是这么一坐，竟然让两个人坐出了惺惺相惜的感觉，聊着聊着，两人都感觉对方似乎是世界上另一个自己。这种感觉很奇妙，远比爱情要让人动心，从那以后，两人就变成了无话不谈的铁哥们儿。

"晚上约顿饭啊？"许文臣嘿嘿笑着。

沈兮一听就知道他是要打听周清和给自己社交平台评论的事，正好她一肚子的牢骚没地方发泄，当下便同意了。

“我一会儿要出去吃饭，时间来不及，没法给你做饭了。”沈兮边说边穿鞋，“你可以扣我一顿饭的钱。”

微博的使用方法周清和刚学到一半，对于她这种半途而废的教学方式表示不满。

杨炀这会儿打来电话，可以说是准时准点地撞到了他的枪口上。

“老周，晚上出来吃饭。今儿人可齐，哥几个好久没这么热闹了。”

周清和嫌麻烦不想去，下意识地想拒绝，转念想到连沈兮那种喜欢半途而废的人都有人约饭，为什么他要在家饿着？

周清和交朋友没有贫富概念，但因为身边的人都差不多出身，一般人也凑不到他的圈子里去。就是这么一些富二代，聚会的时候惯爱找一些苍蝇小馆，说是有氛围。

今天的聚会自然也不例外，杨炀找了个深巷里的小酒屋，要了一个包间，便开始等伙伴们。

一向守时的周清和今天是最后一个到的，他进屋时陶星遥正跟杨炀在说着什么，杨炀一向嘴贱，不知道哪句话得罪了陶星遥，正被她揪着头发打。

“看看咱们大明星多出息。”杨炀被打得龇牙咧嘴，但即便如此也不忘嘴贱，“快给她拍几张发网上去。”

周清和就近在靠门口的地方坐了下来，几人看见他之后，气氛诡异地安静了一瞬，接着，大家笑得阴阳怪气，异口同声地问：“哟，老周，晚上吃什么啊？”

周清和被嘲讽了，倒也没生气，握拳抵在唇上偷笑。

杨炀咂舌：“瞧他那思春的样子。跟哥几个说说，那账号皮下是哪个小美人儿啊？是不是沈兮？”

周清和闻言脸色微微一变。他看了杨炀一眼，虽然没说话，但是眼底暗含警告之意。

杨炀见状，心里“咯噔”一下，这才想起陶星遥还坐在旁边，自己多这么一句嘴岂不是给沈兮找麻烦?

杨炀偷眼看着陶星遥，见她如老僧入定一般盯着桌面上的咸菜不知道在想什么，忙笑眯眯地给自己倒满了酒：“呸，我这还没喝酒呢，在这儿瞎说什么呢，我自罚三杯。”

包间内空气流动性差，除了周清和，大家都是烟不离手。周清和受不了烟味，坐了一会儿便起身出去透气，这一撩帘，好巧不巧看见坐在大厅散桌的沈兮正跟一个只能看见后脑勺的男人说笑，不知道男人说了什么话，她唉声叹气，似乎是悔不当初的模样。

两人看起来关系很好，相处起来甚至比当年跟自己谈恋爱的时候要自然得多，周清和微敛了双眼，想起前几天她总是后半夜才回家的事，突然就觉得她的笑有些刺眼。

硕大的墙壁菜单就在沈兮那桌的旁边，周清和举步走了过去。

此时男人正在向她发问：“那你跟周清和到底是什么关系？”

沈兮猛地把杯子放在桌面上：“以前同过窗，现在是邻居。”

男人显然不信：“就这么简单？”

她点头：“就这么简单！”说完一回头，正对上周清和的眼，吓得整个人险些从椅子中翻下去。

周清和到底是个聪明人，除了最开始看沈兮的那一眼外，全程都在认真看菜单，只是点完菜转身回包间时，手“不小心”扫到了她的后脑勺，打得她脑袋向前一倾。

周清和看起来非常抱歉，礼貌地对她说：“不好意思。”

再回到包间时，大家正聊着天，明明是正常的声量，周清和却无端觉得屋里的这些人过于聒噪。陶星遥见他有些心不在焉，还没等问他怎么了，就见服务人员进屋上菜，门一开，陶星遥刚好与沈兮的视线对上。

她识相地闭了嘴，她最近不能再在周清和那里出任何差错。

“我那天还特意看了眼你俩的照片，怎么着，今儿这饭菜不合胃口？都换不来你们两个当事人的一句解释？”好友之一的齐平邑一边给周清和倒着酒一边问，“老周，还有你那个评论是怎么回事？我现在感觉有点蒙，那个账号是陶子的？”

陶星遥抿唇不语，等着周清和跟大家解释。

正安静的时候，杨炀开了口：“嗐。”他直接把周清和的杯子拿过来，一手搭着椅背，朝齐平邑挤眉弄眼，“这你还看不出来？偷拍的角度能找得那么好？”

“嗯？什么意思？”大家纷纷被杨炀这句话给吸引了过去，“怎么着，这里面还有哥几个不知道的事？”

今晚一直在强颜欢笑的陶星遥忽然从座位上站起，不顾众人诧异的眼光，她拎了包便走。周清和坐在门口，见她走还体贴地给她让了些位置。

陶星遥从小就很任性，对此大家早已经习惯，这会儿杨炀把人气走了，最后去哄人的任务也自然落在了他的肩上。

饭局被陶星遥的愤然离席搅得索然无味，大家又坐了会儿，见杨炀是回不来了，索性都张罗着散场回家。

周清和出去时沈兮已经不在，原以为她已经回家，但到家楼下时，他见她家依然是漆黑一片。

回到家中，周清和破天荒没开电视，他坐在沙发上看着今天的报纸，看了几行便觉得看不下去，抬腕看了眼表，时间已经过了十点，而那位还没回家。

洗漱过后，他习惯性地去把阳台的窗帘撩开，而后便在沙发中静坐。

沈兮到家已经是半夜，简单地洗漱了一下，去拉阳台的窗帘时，余光一瞟，被隔壁老僧入定般坐在沙发上的周清和给吓得浑身发凉——这无声无息的样子，不会出事了吧?

“周清和？”她试探地叫了一声。

周清和这段时间一直入睡困难，这会儿难得有了睡意，隐隐约约听到有人叫自己也没搭腔。

联想到周清和平时的工作量，沈兮生怕他过劳死，也顾不上想太多，忙跑去了他家里。

“周清和？”沈兮大力摇晃着他的肩膀。

周清和一时只觉得眼前金星围绕，皱眉推开她的手：“你有毛病？”

见他没事，沈兮整个人一放松，顺势跌坐在地：“我以为你死了。”

他睨了她一眼：“心愿说出来就不灵了。”

见他冷嘲热讽的一点也不领情，沈兮二话不说转身回了家。

他真是狗咬吕洞宾，不识好人心。

这几天脑力劳动过多，沈兮却越累越睡不着，犹豫了好一会儿，她又把微博重新下载下来。登录账号之后，如意料之中消息提示音响个不停，她等了近五分钟，手机才安静下来。

周清和依旧在热搜第一位挂着，她点进去他的主页，像皇帝批阅奏折一般浏览了下他的账号，发现除了刚注册时系统自动发出的一条消息之外，他的主页空空如也。

那仅有的一条系统微博下评论直逼六位数，问有关陶星遥的事的人与问沈兮的小号幕后使用者是哪位的人几乎各占一半，得不到回答，大家又自己猜测那是陶星遥的小号。

沈兮顺藤摸瓜摸去陶星遥的主页，见对方置顶的微博是两个小时之前发的，微博内容只有四个字。

【没有小号。】

她觉得自己好像被卷进了一场爱恨情仇的游戏，当下为自己在心里点了一炷香。

陶星遥最近资源差得靠演戏已经养活不了自己，罗绮明哲保身，提交的不再带她的申请已经被上头批准。

昔日的一线女星，如今沦落到接不到戏拍，换作其他人或许会颓废，但陶星遥显然不属于正常人范围内。虽然她被公司几近封杀，但整个人看起来仍是说不出的淡然，似是一早便预料到这样的结局一般。

因为不用出门，她就每天在家练习茶艺、厨艺，并时不时在微博上放几组成品照片，倒也吸引了一部分粉丝。

这天，风和日丽。陶星遥数数日子，距离上次与赵宪超见面已经过去了半个月，按照他那种花钱的方式，此时应该把钱都花光了。

她蹲在阳台上慢条斯理地摆弄着昨天买回来的花，阳光从屋外照射进来，一部分光洒在花土中，另一部分披在她的左肩上。她像欣赏一件艺术品般端详着花瓣，忽然见放在脚边的手机亮了起来。

难得地，赵宪超跟人说话时，有一种直击心灵的恐惧感，即便对方是一个年轻貌美的姑娘。

“姐姐，是我。”他说话的声音有些颤抖，想必是太过拘谨。

“哦，是超超啊。”陶星遥一如既往地温柔，她一边擦手一边明知故问，“怎么了，是有什么事吗？”

赵宪超支支吾吾好一会儿，才说：“今天我过生日，你来吗？”

这种可以跟他接近的机会她当然不会放弃。

放下手机，她随意弄了弄头发，戴上口罩便去找人。

两人约的见面地点是市中心的一家美食城，陶星遥到时赵宪超已经顶着太阳蹲在街边，他原本就瘦，此时脊骨在T恤下突显，看起来更是瘦骨嶙峋。太阳直晒在脸上，他又将脸朝膝盖里埋了埋，此时他后背高高弓起，活像一只待烤的虾。

陶星遥停好车，过去拍了拍他的背。

赵宪超显然被吓了一跳，黑着脸便要骂人，抬头一看是陶星遥，硬生生地把话憋了回去，转而换上一副笑脸，谄媚至极：“姐姐你来了。”

陶星遥点头：“等很久了吧，咱们先进去？”

他忙不迭应下，跟在陶星遥身后，一时不知手脚该怎么摆：“姐姐，我替你背包。”说着也不管她答不答应，伸手就去摘包。

陶星遥不习惯与陌生人走得太近，脸色微冷地躲过他的手：“不用了谢谢。今天你过生日，想想吃什么。”

来之前赵宪超就想好了要吃海鲜，这顿肯定是陶星遥请客，他必然要吃贵的。

落座后，或许是觉得尴尬，赵宪超没话找话：“姐姐，你跟我姐还在生气吗？”

陶星遥点头，脸上显现出几点忧愁：“唉！”

他为了讨好陶星遥，讨巧道：“我跟我姐关系好着呢，要不我去帮你说说去？”

陶星遥眼中浮现出一点欣喜，随即又被伤心所替代：“你姐怕是没那么容易原谅我，是我做错事惹她不高兴了，而且我有一些东西在你姐姐的电脑上，我怕她生气把那些全发到网上去。”

“就是说你有把柄在我姐电脑上？”赵宪超口无遮拦，“那你也是娱乐公司的？”

陶星遥把脸上的口罩又遮得严实了些，她点了点头，而后便又默不作声。过了会儿，她从包里拿出一沓现金：“今天你生日，我来得匆忙，也没准备什么礼物，这点钱你拿着买点东西，就当是我送你的。”

赵宪超一看见钱，两眼发直。有了上次的经验，这次他大大方方地把钱揣进了书包，想了想，说：“我姐那边你放心，你那些东西我想办法帮你销毁掉。”

“没法彻底销毁的。”陶星遥说，“你有办法帮我把你姐电脑上的东西都复制出来一份吗？”

赵宪超见她此时有求于自己，顿时换了副为难的嘴脸，打着官腔：“姐姐，你也知道这事有点难办啊。”

陶星遥哈哈一笑：“如果能办成，我肯定会好好感谢弟弟的啊。”

吃完饭出来，陶星遥把赵宪超送回了学校。一路上，他不停地吹捧着她，将毕生所学的所有美好词汇全都用在了她的身上。陶星遥的表现一直很得体，末了还叮嘱他好好学习。

陶星遥一走，赵宪超立马收起了笑脸，朝地上狠狠啐了一口，什么他姐的朋友，全都是狗屁，指不定是跟沈兮有什么过节儿，还想骗他？他掂了掂书包，不过沈兮他也看不上，敌人的敌人那就是朋友。不就是把柄嘛，只要钱到位，他什么都能干。

晚上的时候，沈兮窝在沙发里看电视，自从陶星遥被隐晦地封杀后，各种平台上已经很少有她的影子存在。

沈兮抬眼看向阳台的窗户，她可以通过反光看到周清和的家里，此时他也在看着电视，只不过是财经新闻。

沈兮咂舌，怪不得他有钱，两人的关注点就不在一个层面。

突然响起的敲门声拉回了她的思绪，她抬头看了眼时间，已经是七点多，谁会在这个时候来找她？

门一打开，方洁提着大包小裹站在走廊上，一看见沈兮，脸上闪过一丝难堪："兮兮。"

方洁从来都是无事不登三宝殿，就算是有事，也都是关于赵宪超的。沈兮做不出来那副虚伪的和气，即便对面的人是她的妈妈。

"这么晚了，您怎么过来了？"方洁的家在郊区，距离她这不算太近。

方洁也没有要进去的意思，只是一个劲把手里的东西往她怀里塞："兮兮，这是我做的酱，你小时候最爱吃的，你尝尝是不是以前那个味道。"

沈兮没接，物是人非，这酱怎么可能是以前的味道？

"什么事，您说吧。"沈兮不想浪费时间。

方洁清了清嗓子，双手绞着布兜，不敢看她："你弟弟高三了，走读太远，耽误他学习的时间，你这儿离他的学校近，能不能让他在你这儿生活一段时间？"

沈兮以为自己听错了，她看着方洁："您觉得这事合理吗？太晚了，您回去吧，一会儿该不安全了。"她说完，不由分说地把门关上。

周清和在隔壁将走廊里的动静听得一清二楚，等方洁的身影出现在楼下，他下意识地看向沈兮家的阳台，正好撞见她定定地看着方洁背影的侧脸。

他敲了敲阳台的窗户。闻声，沈兮看过来："你别告诉我你又饿了。"

他挑眉："我家有一个礼拜没打扫了。"

沈兮挺感谢周清和的。不过才几天没见，方洁看起来又憔悴了不少，说她心里不难受是假的，这会儿她给他打扫家务，虽然屋子里仍然安静，但到底是有个人在默默陪着她，也就不太孤独了。

周清和坐在桌前办公，鼻梁上架着一副无框眼镜，看起来倒是有那么些文质彬彬的味道。他家里已经很整洁，她只是大致打扫了一下，倒是没有想象中的累。

收工后，她在水池旁洗着抹布，隐约听见周清和在客厅叫着自己，她一边应着一边走了出去，他指了指茶几：“手机。”

见是方洁的电话，沈兮原本不想接，但又怕天黑路远方洁遇到了什么问题，犹豫过后终是接听。

那边先是传来一阵嘈杂，紧接着是救护车的嗡鸣伴随着警笛，听得人心惊胆战。

“你好，我们这是市四医院，请问你跟手机的主人认识吗？”

沈兮的心跟着一颤：“她是我妈，她怎么了？”

“她乘坐的公交车与大货车发生了刮碰，现在在四医院治疗，你抓紧过来吧。”

那人说完便挂了电话。

周清和见沈兮有些不对劲，问：“出什么事了？”

她略微有些慌乱：“你可以把车借我一下吗？”

沈兮和周清和赶到医院时，方洁已经在病床上躺着了，她是腿骨骨折，万幸没有伤到要害。看见沈兮之后，就算是因为疼痛也没哼一声的方洁突然就失声哭了出来，口中说着“妈妈对不起你啊兮兮”，哭得越来越伤心。

“沈兮，你把我妈怎么了！”赵宪超不知道什么时候出现在病房门口，他如同一只蛮牛般横冲直撞，将医生和护士都撞到了一边，有护士冷不防，手中的托盘被撞落在地。

医护人员勃然大怒，病房里顿时闹成一片。

赵宪超不顾众怒，上前拉着沈兮的手腕：“你说，你对我妈做了什么！”

他今天已经年满十八周岁，男孩子的力气到底大过女性，沈兮被他捏得手腕发疼，正准备对他动手就见他面色一变，呼痛的同时松开了捏着她的手。

周清和钳住赵宪超纤瘦的肩膀，手上力道大得几乎要拧碎他的骨头。

“放开放开。”他疼得额角流汗。

最后赵宪超被周清和拎出了病房，医生的面色这才有所缓和。

方洁骨折了需要住院治疗，公交公司会支付全部医疗费以及精神损失费，这对方洁来说无疑是一个好消息。

赵宪超一直没回来，病房里清静不少，沈兮坐在昏睡的方洁的床边，看着她满头白发，心里一时五味杂陈。

趁方洁还没醒，沈兮去到外面买了些日常洗漱用品，方洁短时间内没法出院，这些东西都用得到。

回来时，赵宪超正鼻青脸肿地站在病房的角落，一副小媳妇受气的模样。见到沈兮后，他正想瞪她一眼，转头看见端坐在一边的周清和，又急忙低下头去。

沈兮不喜欢赵宪超，所以即便知道他被周清和修理了，也没什么感觉。

“她需要住院，这段时间我会照顾她，你好好上课，不需要担心这边。”当着赵宪超的面，沈兮实在叫不出“妈”这个字，便直接用“她”代替。

“那我……”赵宪超习惯性地要嚷嚷，忽见周清和的视线向自己瞟来，又硬生生地压低了声量，“那我怎么办？我不会做饭，也没有钱。”

沈兮想骂人，他当然没钱，她给他的钱早被他挥霍完了。

“我妈说想让我去你家生活一段时间，她今晚就是因为这事去找你的。”

他说话时底气不足。

今天他回家后就开始撺掇方洁，让她去跟沈兮说自己要去沈兮家生活一段时间。起初方洁不同意，他一气之下拿起厨房的刀往自己的脖子上比画，以此威胁，方洁实在没有办法，这才不得已去找沈兮，只是没想到最后出了这事。

今晚的事，沈兮心里一直很愧疚，如果她留方洁在家里睡一晚便不会出现这样的事。她抓了抓头发，抬头时对上赵宪超被周清和收拾得青紫的脸。她狠狠在自己腿上拍了一下，最终同意了让赵宪超来自己家生活一段时间的事。

周清和拍了拍沈兮的肩膀：“请个人过来照顾吧。”

沈兮上班，赵宪超上学且人又极其不靠谱，二十四小时留在这看守确实不现实。她点点头，起身出去找人问护工的事。

周清和拦住她，然后打了个电话。没一会儿，一位五十岁上下的阿姨便出现在病房门口。

周清和给沈兮介绍了一下，然后小声对她说："李姨之前照顾过小杜的母亲，人很靠谱，费用我已经支付过，你就不用担心了。"

沈兮受之有愧，周清和替自己找到一个靠谱的人她已经很感激了，她忙去找钱包。周清和见状，把她背包的拉链重新拉上："不要跟我客气。以后别总气我，这是对我最好的报答。"

赵宪超今天晚上来得匆忙，换洗衣服都落在家里，几人从医院出来后，周清和直接把人送回家收拾东西。

"他跟你一起生活没关系吗？我再给他找个房子吧？"周清和一路上都在考虑赵宪超跟沈兮的事，那孩子一看便不是什么善茬，周清和怕他对她做出什么不好的事。

沈兮不想在赵宪超身上再花费任何的钱，也不想再麻烦周清和操心她的家务事。她揉着眉心："我这段时间先住公司，让他自己在我那儿睡。"

跟赵宪超生活在同一屋檐下，这是她万万不能忍受的。

赵宪超和方洁之前生活的房子是郊区的平房，那房子可以说是夏暖冬凉四处漏风，外面下大雨屋里就下小雨，所以赵宪超宁可去网吧包宿也不愿意回家。

一进沈兮的家，他眼前一亮。

沈兮家窗明几净，各种电器设备齐全，比起网吧简直是有过之而无不及。

“你这几天就在这儿休息吧，楼下的 36 路车直接到你们学校，小区门口有早餐店，饿了就自己去买。”沈兮一边收拾着自己的东西一边说，“客房你可以用，但是不要随便翻我的东西。”

赵宪超忙着参观屋子，压根儿没听她到底在说什么，答应得极其敷衍。

沈兮把贵重物品全都打包带走，又把自己的房间给上了锁。临走时，她看着赵宪超：“如果我回来发现你随便动我的东西，后果你自负。”

沈兮当天晚上就搬到了公司的公寓，周清和送完人回来，经过沈兮家的房门时，隐隐听到里面传来的电视声。莫名地，他总觉得心里空荡荡的。

进屋之后把阳台的窗帘拉得密不透风，他坐在沙发中，将脸埋在掌心。这种感觉怎么说呢？就好像当年沈兮突然跟他提出分手那时一样，说难过倒也不至于，但总觉得生活中少了点什么。

再看沈兮，自从搬到公寓，她好像打开了新世界的大门一般。

公寓的面积不大，但是设施一应俱全，屋内采光又好，如果知道公司的公寓如此舒适，她之前便不会考虑买房子。她在单人床上打着滚，觉得人确实是不能长时间在一个地方待着，偶尔换个生活环境，连内心都变得阳光起来了。

一周之后，许文臣听说沈兮搬到了公司的公寓，兴冲冲地发来了视频："我家就在你的公寓后面，以后是不是可以经常见面了？"

许文臣虽然人在法务部，但是他有一颗公关部的心，对于八卦，他比沈兮还热衷，每次约她出来见面都有不同的八卦与她分享。

"我这几天有事，没法跟你见面。"沈兮嫌屋内太过寂静，顺手打开了电视，"等忙完了就可以了。"

来到公寓之后，她甚至在思考把她的房子租出去的事。

"现在不忙吧？"许文臣那边传来窸窸窣窣的声音，"你别吃饭了，我买点东西去你家找你。"

许文臣挂了电话没多久，沈兮就听到了敲门声，她忙起身把床整理了一下，小跑着过去开门，嘴里还嚷嚷着："你也太快了吧，刚挂电话……"

后半句话在看见周清和的脸之后，全数消散在风中。

"你在等人？"周清和站在门口，"是不是我来得不是时候？"

"没有没有。"沈兮忙邀请周清和进屋。这段时间他没少帮她忙，她一直将这份恩情记在心里。

不过是一周没见，周清和看起来瘦了不少，原本便如刀刻般的脸此时看起来线条更是硬朗。沈兮给他倒了一杯水，招呼道："你先坐，我出去买点东西，晚上你就在这儿吃吧。”

周清和今天来，原本也没想空腹回去，闻言顺势点头然后便端坐在沙发上不再言语。

沈兮刚走到门口就撞见了拎了好些食品袋和餐盒过来的许文臣。

“我买的都是你爱吃的菜，还买了你最喜欢的荔枝啤，虽然晚了，但还是要庆祝你乔迁新居。”

许文臣人还没进屋，声音先飘了进去，周清和听到男人的声音，眉头不自觉地皱了起来。

沈兮把人领进了屋，介绍的时候觉得有些尴尬。周清和礼貌地向许文臣伸出了手，象征性地握了一下。

把沈兮拉到了玄关，许文臣与她耳语：“要不，我还是先走吧。”周清和的气场实在强大，看着自己的眼神好像在看一头待宰的猪，他怕晚上吃饭的时候消化不良。

“走什么？”沈兮拉住在穿鞋的许文臣，他现在走岂不是让人误会，她把人往沙发上一推，“你俩先坐，我去楼下买菜，很快就回来。”

许文臣已经快哭了出来，他绞着T恤下摆，结结巴巴道：“我我我……我跟你一起去。”

周清和看着许文臣，忽然笑了一下，他拍了拍自己身边的空位置：“一起坐。”

许文臣第一次深刻体会到什么是如坐针毡。

玄关处传来的关门声，明明很轻，但听在他耳中却有如炸雷，惊得他险些从沙发上跳起来。

周清和察觉到他的忐忑，故意没说话，过了好一会儿，见他紧张到近乎晕厥，这才笑眯眯地开口：“您在哪儿高就？”

“周总，我在秦汉传媒的法务部。”许文臣回答问题时双膝紧紧并拢，两手乖巧地放在膝头上，说话毕恭毕敬。

听到“秦汉传媒”这几个字，周清和的面部表情就有些不受控制，原来是张云旗家的人，怪不得第一眼看的时候就觉得不顺眼。

晚饭如许文臣所料，吃得战战兢兢，酒也没顾上喝，简单吃了口番茄炒蛋就借口身体不舒服先走。沈兮在暗处死死抓住他的胳膊万般挽留，毕竟她也不太敢跟周清和单独相处，怕周清和看出破绽。

许文臣面上维持着僵硬的笑，他一根一根掰开沈兮的手指：“再见了朋友。”

见沈兮扬着一脸虚伪的笑回来，周清和问：“他是你男朋友？”说话时声音发紧，连他自己也没察觉到其中带着的紧张。

“不是啊。”沈兮摇头，“就是好朋友。”

周清和一直笔挺的背这才稍微放松了些。碗里盛满了沈兮给他夹的菜，刚才只顾想许文臣，他一口没动，他已经很久没吃到她做的菜，今晚上难得吃，自然是要细嚼慢咽。

“今天怎么有空过来？”沈兮用公筷给周清和夹了些菜，“听说你们最近挺忙的。”

周清和挑眉：“你的消息倒是灵通。”

这段时间张云旗的连锁超市收入可观，他准备在城郊选址再开一家门店，毕竟郊区的人比市区的多一倍，那边可供大家购物的商店少，届时可以稳赚一笔。那块地方张云旗觊觎很久，奈何资金一直不够，最近银行的贷款刚下来，风声走漏后，周清和便将目标定在了那里，他准备买入而后转手卖给张云旗。

沈兮吸了吸鼻子，这些自然是许文臣跟他说的，毕竟是张云旗家的人，他又酷爱八卦，自家太子的动态自然是掌握得一清二楚。她还纳闷张云旗这段时间怎么这么消停，原来正为这事焦头烂额。

周清和酒足饭饱，看着这麻雀虽小五脏俱全的小公寓，突然觉得他那个房子好像过于空旷。

“对了，赵宪超怎么样？你最近有去过我家看看吗？”沈兮突然想起来自己仿佛躲债一般搬到这儿的原因。

“不知道，没去过。”自从她搬走，周清和从那个家路过的时候连余光都没分给那个房子过。

“我准备把那儿的房子租出去。”沈兮绞着自己的发尾，“我算了一下，那边房租一年能有小四万，而我们公司的公寓是免费给员工提供的，这样算下来，除去一些水电费和日常开销，我一年可以额外收入小三万。”

周清和挑眉：“你就这么缺钱？”

沈兮叹气："可不是嘛，自己要多存点钱才有安全感。"

"存了钱之后准备做什么？"周清和一副想不通的样子。

沈兮挑眉："我以后难道不用结婚过日子？"

听到"结婚"这两个字从她的口中说出来，周清和的心骤然停跳了一拍，他的手不禁攥成拳，良久，才维持住面上的淡然："嗯，你的办法也可行。"说完抬腕看了眼表，"时间不早了，我先回去了，今天谢谢你的款待。"

沈兮跟着把人送到停车场，说了再见之后，想了想，又说："周清和，求你个事，一会儿回去帮我看看赵宪超在干什么。"说完递上自己的钥匙，"谢谢了。"

当开门声响起来的时候，赵宪超慌得直接从椅子里翻了下去，电脑屏幕闪着幽幽的光，衬得他的脸苍白如雪。

"你在干什么？"周清和站在门口，面无表情地看着他狼狈地从地上爬起来。

"没……没什么。"他手忙脚乱地去拔移动硬盘。

周清和眼疾手快，抬手挡住赵宪超接下来的动作，把人推到一边，按开刚黑下去的屏幕，只见桌面上还显示着文件正在传输中。他点开文件夹看了一眼，发现那些文件都是有关陶星遥的，几乎都是为她洗白的方案。

赵宪超这会儿两股战战，他想逃，但周清和就在他眼皮子底下，他实在不敢。

“你在干什么？”周清和又问了一遍，语气平静，连表情都十分淡然。

周清和越是这样，赵宪超就越害怕，到最后，赵宪超直接跪了下来：“哥哥你饶了我吧，我也是被人逼的。”

赵宪超把陶星遥来找他的经过都如实向周清和汇报了一遍，哭诉道：“我如果不同意她就会找人打我的。”

周清和没应声，只是盯着硬盘里的一个文件夹，点开一看，里面是沈兮前些年的一些生活照，有些是和一位老人家的合照，有些是风景，或许是当时手机没有内存就都存在了电脑上，他一张一张看着，等翻到倒数第三张时，握着鼠标的手一顿。

照片上沈兮和张云旗姿态亲昵地站在一处悬崖边上，难得地，以长相凶悍著称的张云旗也有看起来温柔似水的时候。

周清和关了文件夹，看着站在一边浑身抖如筛糠的赵宪超：“我跟你做个交易？”

第四章
小鹿触心头

方洁刚能下地走动便联系了沈兮想出院，她已经近两个月没有收入，整个人焦躁不堪。沈兮跟医生确认过她已经达到可以出院的程度，便给她办理了相关手续。

沈兮打车把人送回家，又帮忙收拾了一下屋子。

方洁坐在床上，眼泪止不住地往下掉：“这两个月幸好有你了兮兮。”

沈兮虽然不喜欢方洁，但这毕竟是她的母亲。方洁一哭，沈兮心里也有些难过，所以干脆不去看方洁，手脚麻利地把屋子收拾了一遍，又出去买了些吃的与日用品送到方洁的家里。

“这段时间好好养养腿，别出去干活儿了。”沈兮嘱咐了几句便转身离开。

再回到自己家中，恍若隔世，赵宪超出人意料地信守承诺，屋子很整洁，甚至连床单和沙发套都已经被洗过。沈兮开窗透气，听到隔壁传来聊天声，她探头看了一眼，只见周清和的那几个哥们儿都聚在沙发上看电视，一水儿的男人就显得陶星遥有些格格不入，她坐在沙发扶手上，看起来百无聊赖。

这两个月陶星遥一直在家闭门思过，不知道是不是这份诚意感动了上天，先前与她吵起来的导演竟然又主动联系了她，邀请她继续回剧组参与拍摄。虽然大概率是导演冷静下来计算了一下预算，觉得换演员成本太高，最后向金钱屈服了，但这总归是好事，今天大家就是为了庆祝她重新上岗，所以在周清和家小聚，毕竟他们这伙儿人里只有他单独搬出来生活。

网上有关陶星遥的消息已经被新的八卦所取代，而周清和和沈兮的事也在神不知鬼不觉中被人撤了热搜。沈兮倒是不怕有人人肉她，因为自从入职了星河传媒后，她所有的电脑 IP 地址都是被专业人士隐藏的，一般不会有人查得到。

又简单把屋子收拾了一遍，沈兮把房屋信息挂在了房屋租售的平台上。这里的房子地理位置好，环境也不错，几乎是信息刚被审核通过，就有人打来了电话联系，转天房子便租了出去。

搬家公司的人上来搬东西时，周清和正和几个哥们儿往外走。

沈兮很久没回过这里，周清和因为工作的原因最近经常加班，即便回家也是倒头便睡。算算时间，两人也有小一个月未曾见过面，这冷不防迎面撞上，却赶上她偷偷摸摸地搬家。

“这不是沈兮吗？怎么了，要搬家了？”见周清和、沈兮都不说话，杨炀率先开了口。

沈兮的名字经过杨炀这段时间不懈努力的宣传，已经被周清和的所有哥们儿所熟知，只是大家之前一直对不上号，今天毫无预警地遇见，众人觉得比看见大明星陶星遥还新奇，视线不由得都落在她身上。

沈兮笑了一下：“房子先租出去一段时间。”

她说完去看周清和，后者面无表情地回视着。

沈兮突然就有了心虚的感觉，她敷衍地笑了一下，正好搬家公司人员搬东西要进屋，她也忙跟了进去。

搬家几乎用了一天的时间，沈兮虽然没有直接上手，但是跑上跑下的也异常疲惫，晚上回到公寓，她简单洗漱便一头栽倒在床上，连被子都没盖，仰头便睡。

半梦半醒间，似乎听到有人在敲门，费力地睁眼看了眼手机，此时已经是凌晨两点半，她觉得自己是出现了幻觉，一转身又睡了过去，一觉到天亮，她的门再次被敲响，此时她终于清醒了过来，只是现在还不到六点，谁会这么早来敲她的门？

打开门后，门外站着一个年轻的姑娘。看见沈兮后，姑娘指了指她的门边：“这是你男朋友吧？我昨天半夜回来的时候就看见他坐在这里了，今早他还在，他看起来好像挺不舒服的，就算你们两个正在吵架，也不应该不顾他的安危让他在外面坐一宿啊。”

她顺着姑娘手指的方向，这才看见靠在门口不知道是昏睡还是彻底晕过去了的周清和。

“不好意思，不好意思。”沈兮连声道歉，虽然她也不知道自己为什么要道歉。

周清和身上滚烫，脸色也红得不正常。她忙把人扶到床上，脱下他的衣服和鞋，手一触碰到他的身体，更觉掌心滚烫。

“周清和？”她拍了拍他的脸。

周清和微微动了一下，翻身的时候长臂一挥，把她带到怀里，像抱着毛绒玩具一般禁锢在自己身下。

周清和这一套动作从抬手到落腿，犹如行云流水。沈兮咬牙推着他，无奈对方像一座山一般岿然不动，挣扎到最后她身上都冒了汗，便也放弃了起床。

周清和明显有些发烧，喷洒在沈兮颈边的呼吸过于灼热。担心这样下去他会转高烧，她费力地翻转身子拉开床头的抽屉拿退热贴。

在昏睡中，周清和的眉头依然紧皱，仿佛连梦都是压抑不堪的。

将退热贴给他贴上后，沈兮尽最大可能拉开自己与他的距离，或许是瞌睡容易传染，她的眼皮也渐渐发沉。

沈兮的呼吸变得绵长起来。察觉到她睡熟，周清和这才睁开眼，此时他一双眸子锃亮，哪里有半分昏沉的模样，他抱着沈兮没放手，只是调整了个舒服的姿势继续躺着。

今天是周日，周清和这周连加六天班落实了地皮收购的项目，昨晚签完合同跟公司的同事们出去庆祝了一下就直接来到了沈兮楼下。虽然知道这个时间段她早已经休息了，但他还是上了楼。

自从之前看到了沈兮和张云旗的合照，他心里一直不痛快，像是较劲似的，他一直没联系她，却不承想这个白眼狼也没联系过自己，不联系也便罢了，一现身竟然是回去搬家的，如果不是他偶然撞到，或许她都不会把这事告诉他。

休息好了之后，报复性地，他腿上又使了点力气。沈兮睡得正香，被这么一压，险些窒息而死，她惊恐地睁开眼，这才发现已经是中午了。

她第一反应是去探周清和的鼻息，见对方还有气，狂跳的心这才舒缓下来。

“周清和？”她又推了他一下。

因为饿了，这次周清和假装很快转醒。

察觉到腰间的力道一松，沈兮一个鲤鱼打挺从床上跳起来：“你醒了？你还难受吗？”她用手背去贴他的额头，发现温度已经正常，她松了口气，“你怎么大半夜跑到我这儿来了？”

周清和连头发丝上都写着无辜：“我也不知道，我醒了就在这儿了。”

他睡了一上午，觉得神清气爽，只是抱着沈兮实在太热，他从床上坐起来：“我想在你这儿洗个澡，可以吗？”

“不可以。”沈兮果断拒绝，他一个大男人跑到她家来洗澡算怎么回事?

“我头有点晕，感觉还是不太清醒，可能洗个澡就好了，不然今天恐怕是走不了。”周清和直接把领带扯下来，揉着眉心，一副上头的模样。

“水温正好。”沈兮服务极其到位地站在卫生间门口，“我这儿有新的洗具和毛巾，只是你的衣服怎么办？”

周清和的办法就是让小杜给他送一套新的衣服过来。

当看到门内站着的沈兮时，小杜整个人是崩溃的，他们周总是不是得了斯德哥尔摩综合征了？怎么谁打他他就跟谁好呢?

当然，沈兮也很尴尬。

她僵着脸，笑着接过小杜手里的袋子：“时间也不早了，您也留下来一起吃顿便饭吧。”

小杜朝门里看了看，像是下定决心一般，答应下了吃饭的事。

“今天我们周总一直待在你这儿吗？”不同于许文臣的拘谨，小杜更像是周清和过来兴师问罪的妈，这会儿他往沙发上一坐，问话时表情极其严肃。

“没有。”沈兮又是摇头又是摆手，“周总路过我家的时候衣服溅到了脏水，你也知道他有洁癖，所以就来我家洗一下。”

这个回答小杜很满意，他又问：“一会儿你准备做什么菜？我们周总有忌口的，太甜的太辣的他都不吃的。”

太甜的太辣的不吃？

沈兮看着周清和端着饭碗，斯文地吃着面前的麻辣香锅和菠萝咕咾肉。视线与小杜在半空中相汇，小杜极快地别过头去，看得出来，他有些难堪，因为满桌的菜，周清和夹得最多的就是麻辣香锅和菠萝咕咾肉。

“您多吃菜。”沈兮笑眯眯地给小杜夹着这两道菜，“不要客气。”

小杜：“……”

这顿饭吃得小杜忍辱负重，他暗暗发誓，以后再也不会来沈兮家了，这个女人太会侮辱人了。

照例把人送到楼下，直到周清和车的尾灯消失在小区门口，沈兮这才往回走。

今天的气温不太高，晚风难得舒适，路上，她伸了个懒腰又压了压腿，在楼下散了好一会儿步才回家。

路过楼下的小凉亭时，余光瞥见那里坐了个人，她下意识地向那儿瞟了一眼，在看见那人是张云旗后，脚步一顿。

张云旗从今天早上开始就一直在沈兮住处楼下待着，他是跟着周清和的车过来的。

沈兮搬家的事，张云旗之前听许文臣提过一嘴。因为合同的事，他之前跟许文臣接触过几次，觉得这人挺可靠的，便与许文臣走得近了一些，也是那时候，他才知道许文臣跟沈兮认识。从那之后，他就跟许文臣走得更近了，甚至破天荒顶着压力升了许文臣的职，只为了能多从许文臣的口中知道些沈兮的事情。

“你是来还手链的吗？”

自从跟张云旗重逢，沈兮觉得自己想开了，当年是他选择了放弃，并不是她。

张云旗下意识地把手藏在身后，最近周清和在打压自己，他知道是因为自己先前插手了对方的事情所以被警告了，哪怕周清和将那地皮的价格翻了一倍卖给自己他都认了，只是当他看见周清和驱车来了沈兮家时，他的心终于空了。

“你们……过得好吗？”这句话张云旗问得很艰难。

沈兮应了一声：“挺好的，所以你以后也不要来打扰我了。”

比起前段日子的初见，张云旗这段时间憔悴了不少，或许是周清和对他下手太狠了，以往一向眼神坚定的张云旗此时眼底竟布满了挣扎之意，沈兮不忍去想这挣扎到底是经历了多少摧残才会如此明显，她匆匆转身，扔下一句“以后别来了”便举步离开。

她到家的第一件事就是给许文臣发了个视频通话。

那头的许文臣正看着娱乐新闻，陶星遥最近的口碑似乎变得好了些，据说这次重返剧组，她表现得一直很谦虚，丝毫不见先前跟导演吹胡子瞪眼的影子，再加上她原本的演技就在线，此举也算为自己力挽狂澜。

沈兮张口便骂了许文臣一句：“你这个背信弃义的小人。”

许文臣以为沈兮还在记恨上次他把她扔下独自跟周清和相处的事，搔了搔头发：“这也不能怪我啊，周清和的气场太强大了，你都害怕，我能不怕吗？”

沈兮啐了他一口：“我说的是你把我搬家告诉张云旗的事。”

“什么？”许文臣瞬间从沙发上弹起来，“你跟我们小张总真的认识？”

沈兮这才想起来她并没有跟许文臣说过自己和张云旗那段糟心的事，当下悔得肠子都青了。

“你跟我们小张总是什么关系？”许文臣眼中冒着熊熊的八卦之火，大有沈兮今天不如实交代就跟她拼个鱼死网破之势。

沈兮见躲不过去许文臣的追问，怕他一着急明天直接去问张云旗，便开始睁着眼睛说瞎话。说她跟张云旗之前是同学，两人一直不对盘，所以她的消息以后不能跟张云旗透露半分。

许文臣虽然觉得她这解释不太可信，毕竟张云旗自从知道自己认识她之后，没事就来问他关于沈兮的事，他原以为张云旗是要追她，但现在看来，明显不是那么回事。

许文臣见她一副不想多说的样子，倒也没再深问。

第二天上班，许文臣将昨天刚走完流程的合同归档，听到开门声时抬头看了一眼，只见张云旗如同一只霜打的茄子，蔫头蔫脑地走了进来。

“昨天几点睡的啊？”许文臣见他眼底猩红，转念想到昨晚上沈兮的那通视频电话，心“咯噔”一声，难不成是昨天晚上沈兮对他做了什么不可描述的事?

张云旗揉着脖子，将自己摔在许文臣的沙发里，闭着眼睛道：“以后多照顾着点沈兮，也不要跟她提到我。”

张云旗此话一出，许文臣就知道他是昨晚上受挫了。

虽然知道不应该，但许文臣还是止不住地想起了君子端方的周清和，那人的面相看起来可不及他们小张总的一半凶，内里却实打实是个狠人，竟然一举将张云旗击败在沈兮的感情世界，真是惹不起，也不知道当初沈兮怎么敢泼他的脏水说他人品不好，果然，被偏爱的永远有恃无恐。

自从张云旗严禁许文臣跟沈兮提到自己，两人八卦的话题里出现最多的人物便只剩下有东山再起之势的陶星遥。

“听说她的戏快杀青了。”许文臣一边划拉着手机浏览八卦新闻，一边说，“这段时间好像也没见她闹出什么绯闻，难不成她转性了？”

沈兮目光呆滞地写着陶星遥洗心革面的稿子：“还不如再传传绯闻呢，我这素材都囤了好几个 G，她居然变好了。”

不得不说，她真是处处都可以跟自己作对呢。

许文臣：“由此可见，前一阵你们公司的各项疑似封杀的举动果然是杀鸡儆猴，顺便给她一个下马威，但这招确实是屡试不爽啊，我得学学这手段。”

另一边，谣传转性的陶星遥刚拍完一场戏在保姆车休息，她看着微博上沈兮冒充真爱粉写的表白自己的文章觉得有些讽刺。她知道这些年沈兮一定是讨厌自己的，虽然她跟自己并不熟，但这并不妨碍自己知道她是周清和初恋的事。

周清和的初恋。

这身份真是让人可望而不可即啊，她怎么偏偏没有把握住，被沈兮钻了空子呢?

自从知道沈兮入职了星河以后，她就不停地通过与周清和的绯闻来向沈兮宣示主权，转眼三年过去了，可事情好像朝着与初衷完全相反的方向一去不回。

陶星遥心烦地捣了一把前座，一低头，见赵宪超给自己发来了微信。也不知道他最近是开了什么窍，自从自己离开依云市，他跟自己的联络就变得频繁起来，联络的内容也无外乎是沈兮的日常。

昨天沈兮跟住在隔壁的哥哥一起吃了饭，今天沈兮又去了隔壁哥哥家，总之周清和出现的频率很高。

陶星遥头有些疼，之前赵宪超把她想要的东西交给她时，她曾短暂地犹豫过，这些东西一旦被爆料，沈兮的工作一定保不住了，或许人生也会因此变得一塌糊涂。当然，这些的前提是周清和对她不闻不问，就像他现在对自己一样。可是现在周清和和沈兮越走越近，陶星遥觉得自己如果再无动于衷，周清和的心可能会彻底沦陷在沈兮那里。

陶星遥揉着眉心，这些都是沈兮自找的，真的不能怪自己。

消息被爆出来的时候，沈兮正修改着自己以陶星遥大粉的身份写她有多么喜欢陶星遥的文章。

乍一看到业内人士明眼一看就知道是有意抓拍的有关她和周清和的照片时，沈兮觉得大脑一片空白。

在那些照片里，她一会儿半夜从阳台爬向他家，一会儿端着菜敲开了他的门，总之，全都是她对他不分昼夜无微不至的照顾。

“沈兮，这是怎么回事？”孙文静拿着手机疾步走了进来。

照片已经在网上传得沸沸扬扬，甚至连她跟张云旗以前的照片都被人爆了出来。评论里大家骂她是“贱人”，连祖宗十八代都被人轮番问候。她对这些人的套路很熟悉，他们跟她是同行，是舆论风向的掌舵人，只不过现在她是被动的那一个。

她顺手点进了几个红 V 的营销号主页，这些账号的文案上频频出现“疑似小三”“疑似插足”“自导自演”的字样，无一不是在抹黑事实。

“你跟张云旗是什么关系？”孙文静看向沈兮的眼神明显带着怀疑，“你真的是秦汉来的？”

沈兮从小就知道即便是最亲近的人，两人之间的信任也很脆弱，所以这么多年她从来没抱希望有谁可以真心地相信自己，但是她当年入职，孙文静是面试官，也是手把手把她从新人带入门的师父，两人认识的时间说长不长，说短也不算短，况且大家都是行内人，都知道这里面的套路，她原以为孙文静会思考之后再来找她谈，没想到对方却是在第一时间过来质疑自己。

沈兮想解释的话很多，但是千言万语堆积在心里，最后出口的只有“不是”两个字。

“那你的私人账号是怎么回事？这已经违反了公司的管理条例你知不知道？你也是星河的老人了，怎么做事还是这么不严谨？”孙文静顺手捋了一下两边的碎发，冷静下来之后也知道自己刚才的话欠妥，平息了心中的怒火，她尽量放缓语气，“这事一看就知道是有人故意针对你，连以前的照片都找出来了，你好好想想你得罪谁了？”

她和张云旗的那张照片是她保留的最后一张有关她的过去的合照，只有用过她家里电脑的人才会看到那张照片，而自从搬到公司的公寓，到过她家的人只有赵宪超。

沈兮气得浑身发抖，不是因为自己被污蔑，而是她之前就说了，她最讨厌别人不经过她允许去动她的东西，更何况她和张云旗的那些事，连她自己都不愿意面对，现在却被展示在大众眼前，那种感觉毫不亚于被扒光衣服扔上街示众。

沈兮起身要去找赵宪超，在门口被孙文静拦住：“你现在不能走，现在上面肯定已经知道这事，你走了肯定会落下话柄，先等等。”

她觉得浑身的血液全都冲到头顶，如果现在赵宪超在她面前，她一定会掐死他。

公司的处罚下来得很快，甚至连解释的机会都没给她，直接由HR系统内通知了离职并保留追究赔偿的权利。

几乎是在沈兮被辞退的同一时间，全网就都知道了这事。

【她跟张云旗到底是什么关系？这是商业间谍吧？辞退就完事了？】

【不解恨，这种勾三搭四的女人应该好好教训一下才对。】

【这么说来陶星遥的那些人设都是假的了？天啊，太毁三观了。】

【又当又立，实属典范，这么个人才星河应该安排她出道才对，毕竟那张脸看起来还挺清纯的，不说话的时候就是一纯正白莲。】

沈兮关闭了网页。

这样的谩骂她见过太多，早已经激不起她内心的浪花了。

“兮兮姐。”阮萌萌站在她桌边，整个人有些胆怯。

现在全部门的人已经彻底不理沈兮，阮萌萌过来跟她说话也是顶着巨大的压力，毕竟阮萌萌还要在星河继续做下去，必须要随大流。

突然有人推门进来，阮萌萌飞快地回头看了一眼，急忙道：“兮兮姐，这段时间你在家好好休息，我相信你不是那样的人。”说完不等沈兮搭腔，连忙跑了出去。

在家好好休息是自然的，只是她今天到底应该怎么安全走出这个公司？现在公司的大门口已经聚集了太多情绪激动的人，她如果这么光明正大走出去怕是会当场被打死。

沈兮坐在工位上捂着脸，想着安全脱身的办法。

门再次被推开，沈兮以为是阮萌萌又来跟她说什么。

“我知道了，谢谢你，我会好好的，你也要好好的。”

一声轻笑响在她的头顶：“走吧，送你回去。”

沈兮猛一抬头，看见周清和正居高临下地看着自己。今天他没穿正装，白色T恤配了一条浅蓝色的五分裤，脚上蹬了一双椰子鞋，看起来像大学生。

沈兮头疼地搓了搓脸：“现在咱俩更洗不清了。”

周清和原本也没想洗清，便也没答话，只说：“你公寓那边的东西我已经收拾好了，现在楼区那边你也先别回去，先去我城郊那边的房子躲一段时间。”

不得不说，他想得很周到。沈兮抱着自己整理好的箱子：“那就麻烦你了，把你扯进风口浪尖还得让你替我操心住处，真是对不起。”

她的道歉很是真诚，起码比当年甩了他时的道歉要真诚不少。

周清和但笑不语，把人安全带到了新的住处，临走时叮嘱道：“这段时间我有点忙，你自己不要出门，每天都会有人来送必需品，不要担心。”

见她点头，周清和又说：“那些照片和资料是谁泄露出去的你知道吗？”

沈兮挑了下嘴角，她饶不了赵宪超。

沈兮事件爆出来之后，在有心人的操控之下，她并没有随着时间淡出大众视野，大家好像炒冷饭一般，眼见事情要平息，就有人跳出来重新拉仇恨，如此反复，现在全网已经兴起 # 寻找恶犬沈兮 # 的话题。

事件的另外几个当事人倒是没进入大众视野，所有的火力都集中在沈兮一个人的身上，甚至有人专门开了一个微博，名字叫“沈兮今天翘辫子了吗”，然后每天都会按时发一条微博，内容只有两个字：没有。

今天是这个微博第十五次发博，其间星河也没联系沈兮谈有关违约赔偿的事，秦汉那边除了发了一条澄清说她不是秦汉员工的消息外，也再没有过任何回应。

众所周知，以前星河总是给秦汉泼脏水，现在沈兮出事，大家理所当然地觉得正是秦汉趁机打压星河的好时候，但是秦汉没有，不是不想，而是现在秦汉由张云旗接手，他严令禁止公关部出现任何抹黑星河和沈兮的文章。

为了公司的发展，公关部如张云旗所示，没有诋毁星河，非但没有，甚至还发了让对方挺住的文章。

张云旗坐在椅子里，看着湛蓝天空上点缀着的朵朵白云。其实他在第一时间就想替她澄清，但是彻底澄清意味着他要从根本上撇清跟她的关系，他实在不想，所以只能装死不回应。

事情并没有随着当事人们的不回应而逐渐平息，沈兮的小号下面每天来留言骂她的人数不胜数，有些人已经拿她当“锦鲤”，不停转发许愿。

沈兮已经看到麻木，她现在只等着风波过去后去找赵宪超算账。

晚上，周清和过来了一趟，给她带了些零食。他的工作和生活照常，并没有受到舆论的影响。

也是，人爬到了他的这个高度，一般人都不会不知死活地去得罪。

“我还要躲到什么时候啊？”沈兮天天窝在屋子里觉得整个人已经发了霉，当明星也是这样过日子吗？每天躲躲藏藏？

“待不住了？”周清和见她站在落地窗前眼巴巴地看着窗外的落霞，觉得好笑。

“太无聊了。”虽然每天有各种各样的人骂她，但是她的日子也并没有因此而变得多姿多彩起来。

沈兮顺手擦了下窗户上自己刚刚留下的手印：“陶星遥怎么样了？”

“不是在外地拍戏嘛。”周清和的反应很平淡，“你先管好你自己吧。”

沈兮蔫头蔫脑地说：“我能出去透口气吗？我要憋疯了，哪怕有人认出我来打我一顿我也认了。”

周清和见她实在可怜，最后同意开车带她出去兜风。

出了门，沈兮活像被压在五行山下的孙悟空重新出山一般，看见什么都觉得新奇。

沈兮将头探出车窗外，直到心头的那点愁绪被夜风吹散，她才开口：“周清和，你带我去我妈家吧，我很久没见她了，她可能会担心我。”

方洁根本不会上网，周清和当然知道她去看方洁的醉翁之意不在酒，只是他没点破，车头一转，直奔方洁家而去。

面前的平房一如既往地简陋，白色的墙皮严重脱落，沈兮合理怀疑只要风力稍微大一些，这房子便会连根拔起。

沈兮敲了敲门，里面无人回应，她稍一用力，已经快被虫子蛀空的木质门板应声而开，屋里早已人去楼空，连一片纸屑都没有被留下。

很显然，方洁和赵宪超已经搬走了。

凑巧方洁的邻居出来倒垃圾，冷不防看见门前站着的两个人，吓得半天没敢动。住在这里的一般都很穷，像这样衣着光鲜的有钱人不会来这里。

沈兮见有人出来，便上前询问情况。

“请问住在这里的那户人家搬走了吗？”

女人吸了吸鼻子：“上周就搬走了，不知道去哪儿了，连夜走的。”

沈兮一听就确定了她电脑上的资料是赵宪超泄露出去的，她气得捶墙，不死心地问："您有他们的联系方式吗？"

赵宪超和方洁的电话现在已经打不通了，应该是停用了手机卡。沈兮从来没有觉得自己这么惨过，即便是当年她奶奶去世时。不过这样也好，她的一份工作换来了后半辈子的清静，她觉得挺值的。

周清和轻轻拍了下沈兮的肩："你想找他们吗？"

沈兮知道凭周清和的实力，想找赵宪超是易如反掌，但是找到了他们又能怎么样？总不能真的杀了赵宪超，虽然当时事情刚爆出来后她确实是想打死他的。

她泄了口气："算了。"

不知道赵宪超是怎么说服方洁的，总之方洁是坚定不移地跟着她的儿子走了，往后也会像之前的许多年那样失联，这大概就是她跟方洁的既定命运。

"走吧，带你去吃点好吃的。"

周清和看着沈兮，这段时间她大概一直失眠，眼底的青色很明显，整个人也消瘦了不少，看起来楚楚可怜。鬼使神差地，他揉了揉她的头发。

气氛顿时诡异地静了下来，沈兮像见了鬼似的抬头看他，正要说话，忽然见他身后的胡同里有两个人鬼鬼祟祟地举着相机对着她的方向疯狂地按着快门。

现在她的处境已经很艰难，如果这会儿再被偷拍，她都能想象到自己不是即将躺在棺材里就是晚年要在轮椅上度过，平平安安地过日子恐怕都是奢求了。

那两个人见沈兮发现了自己，来不及收回镜头，转头便跑。

为了自己的下半生，沈兮拔腿就追，猛虎下山也不过如此。

“别跑！”她一边跑一边喊，一张嘴，夜风灌了一肚子，险些把她憋得背过气去。

最后还是没追上，那两个人有车，她甚至连车尾灯都没看见。

“完了。”沈兮身子一歪，跌坐在地上，命和腿，她注定要舍弃一样儿了。

晚饭没有吃成，回到家，沈兮不停地刷新着微博。

周清和一如既往地清闲，抱着平板电脑看他的财经新闻。

八点整，沈兮看到自己出现在了热搜第一，内容是“沈兮、周清和深夜相会”，内容后面跟着一个深红色的“爆”字。

因为有了心理准备，所以看到这条热搜之后她并不惊讶，她现在的流量不比陶星遥差，这段时间甚至有几个小经纪公司打电话要签她。

沈兮点进去之后，一眼就看到了她和周清和的照片，照片里周清和亲昵地揉着自己的头发，动作看起来竟带着缱绻。

缱绻？沈兮恨不能照自己心窝拍一掌，想什么呢？这种感觉怎么会出现在她和周清和之间？

“周清和。”她叫了一声。

“嗯？”周清和低头不知道在平板电脑上写着什么，答得极其敷衍。

她说：“你有跟陶星遥解释过这事吗？是不是她一直对我们有误会？”

刚出事那会儿许文臣跟沈兮分析过始作俑者的动机，对方无非就是看她不顺眼，或者是看陶星遥不顺眼，想给她们点教训，再详细分析一下，许文臣觉得这人是冲着沈兮去的，因为如果想黑陶星遥，是没必要带上沈兮的，毕竟她不是明星。

再后来，沈兮知道了这些资料是经由赵宪超泄露出去的，所以整件事情就明朗了起来。那人的确是冲着她来的，赵宪超一个学生，他即便不喜欢她也不会想到在这方面动脑筋，所以一定是有人在背后指使他。沈兮觉得可能是对手公司，也可能是陶星遥，只是赵宪超现在不知所终，所以她也没有确凿证据。

周清和最后在屏幕上点了一下，这才抬头去看她：“我倒是觉得你一直对我和陶星遥有误会。”

沈兮不懂周清和的意思。

“在上大学以前，我确实挺喜欢陶星遥的，后来不喜欢了，直到现在也没再喜欢上。”周清和朝沈兮走了过去，“之前那些年她团队炒的那些绯闻我确实没在意，因为我没有时间关注这些，但是现在不一样了。”

周清和走到她面前，缓缓地蹲下。

沈兮被他这一举动惊得不知所措。

周清和轻轻执起沈兮的手，定定地看着她：“沈兮，你懂我的意思吗？”

两人的距离过近，客厅柔和的橘色灯光洒在周清和的身上，为他镀上了一层金边，使他看起来比白天温柔不少。他说：“我还是很喜欢你，沈兮，一直都很喜欢。”

突如其来的表白让沈兮有些反应不过来，她维持着呆滞的状态：“我……”

周清和说：“你不用急着回答什么，我给你时间。”他说完拍了拍她的手背，“时间不早了，我先回去，你有事给我打电话。”

他抛下一枚重磅炸弹后就潇洒走人，直到出了门，一直紧绷着的身体才放松了下来。

屋里只剩沈兮还大脑空白地坐在椅子里思考人生。

实不相瞒，她觉得周清和是在放屁，什么一直都很喜欢，自从他们两个人分手之后一直到那天在男洗手间里重逢，其间两人一直都没联系过，别跟她说周清和是暗恋，因为这个词根本不会跟他联系在一起。

良久，沈兮才从他的话中缓过神来，她现在已经被全网黑成这样，哪还有时间去考虑他话的真假？

她叹了口气，继续刷微博，这一刷新，忽然看见她被挤到了热搜第二，第一的内容变成了“周清和的回应”。

周清和什么时候回应的?

她一边想着一边点开周清和的微博，这才看见十分钟之前，他确实发了一条微博，简简单单一句话。

【不存在第三者，之前交往过，现在正在追。】

许文臣的电话像是掐算好了时间一样打了过来，他声音高亢，不知道还以为周清和表白的人是他：“周总是不是太刚了？他真的在追你吗？如果这事真是陶星遥在背后搞的鬼，她的脸现在往哪儿放？”

沈兮无暇顾及陶星遥的脸往哪儿放，挂了电话，她像着了魔一样刷着微博。即便是周清和出面为自己澄清了，有些人在微博下面骂得依旧难听，他们甚至把他都扯了进来。

【呵，真是一丘之貉，现在出来澄清了，之前跟陶星遥传绯闻的时候不是传得挺起劲的吗？那会儿怎么没见他洗白？大家伙儿不要歪楼了，顶我上去，让这对狗男女看见。】

这一条评论是热门第一，得到了八万多的赞。

沈兮搔了搔头，觉得这人恐怕是活腻味了，连周清和都敢骂。

再往下翻，也有理智的网友在分析这件事情。

【你们就没想过这是有人在黑沈兮？这事的当事人可不止她一个，陶星遥那么作，怎么爬了这么久的楼都不见有人喷她？这明显有人控评，某些人的粉丝不要太嘚瑟了，大家要理智看待这件事，

不要被人带偏了。】

这条的评论得到了四万多的赞。

看到这里，沈兮觉得有些欣慰，看来网上也是有眼睛雪亮的吃瓜群众的。

她一边吃自己的瓜，一边根据大家评论的线索推理，越琢磨越觉得这事是陶星遥干的，但她一直想不通陶星遥为什么用这种伤敌一千自损八百的路数，难道这样比较不会被人怀疑到头上？毕竟她也算是受害者，因为谁也不想自己被冠上著名作精的称号。

许文臣再次打来电话的时候，沈兮的右眼皮跟着跳了好几下。

电话一接通，许文臣的声音好像能掀了房顶："姐妹儿，你什么时候出道？"

沈兮听得一头雾水。

"什么意思？"

"你没看我们小张总的微博吗？陶星遥这个女人真的是好可怕啊。"许文臣的语气异常夸张，"今天的微博满是瓜田，你和周清和的八卦能让人扒到明年。"

沈兮满头问号，她又刷新了一下微博，发现她被顶到了热搜第五，在她之前的热搜分别是"周清和的回应""张云旗爆料""陶星遥手撕沈兮""陶星遥真实身份"。

沈兮立马点开"张云旗爆料"那条内容。

张云旗的微博上都是关于体育的消息，所以被他置顶的那九张相片组成的微博看着就很格格不入。

照片上，戴着口罩的陶星遥正把一个纸袋递给赵宪超。

类似的照片一共有三张，场景不同，至于纸袋里是什么，大家根据形状都能猜得到，其他的照片则是陶星遥跟不同的男人见面，最后一张是跟她见完面的男人正拿着相机在偷拍沈兮和周清和。

消息爆出来的时候，陶星遥在补眠。昨天她拍的是夜戏，直到凌晨才结束。星河换了个新经纪人刘敏带她，因为对她的所作所为早有耳闻，再加上公司现在对她不是很重视，所以刘敏也不太管她。

陶星遥补眠，刘敏就跑到剧组跟人聊天。

大家见刘敏过来了，眼神有些闪躲，大家刚刚明明聊得热火朝天，此时全都缄口不语。

她假装没发现什么异样，给大家挨个递上水，只说："大家辛苦了。"

接过了她的水，大家面面相觑，后来有人终于忍不住，问："敏姐，你家陶星遥没看手机吗？"

刘敏听完那人的话便知道网上肯定又传出了什么有关陶星遥的新闻，便看了眼手机，这一看，只觉得血压瞬间升上来了。她就说按照陶星遥之前的咖位，是轮不到自己带陶星遥的，敢情罗绮是避难去了。

刘敏维持住体面的笑，原本想辩解几句，但一看张云旗发的那些照片，她觉得越解释越让人看笑话，干脆闭了嘴。

趁大家再度忙碌起来，刘敏去到保姆车上找陶星遥。

“别睡了，起来看看手机。”

陶星遥连续几天熬夜，困得睁不开眼睛，她声音含糊地问：“怎么了？”

刘敏恨不能把她赶下车：“你为什么去偷拍沈兮和周清和？你怎么想的？我没记错的话沈兮是公关部的吧，她得罪你什么了？”

陶星遥原本被人打扰休息，还一脸的不耐烦，这会儿听完刘敏的话，顿时困意全无。

刘敏直接把手机摔在她身上：“自己看。”

陶星遥一张张翻着照片，觉得脸面有些挂不住。虽然当初她决定要做这件事的时候，就已经设想过今天的局面，但那时事情没发生，她始终抱有侥幸心理。

她强迫自己冷静下来，却仍然连评论都没勇气点开。

再回到片场，陶星遥觉得大家看自己的眼神变得不对劲起来，但是碍于她的身份，没有人表现得太明显，大家只想单纯地看好戏而已。陶星遥的戏份还有大约半个月才拍完，他们都想知道，这半个月她究竟要怎么熬过去。

第五章 -
追爱七分甜

事情的反转一个接着一个，为了纪念这件事，大家硬生生把“吃瓜之夜”刷成了热搜前排。

张云旗把陶星遥拉出来替沈兮挡刀，极大程度缓解了沈兮水深火热的处境。网友们感叹张云旗实力宠女友，求沈兮跟张云旗复合之余，还企图去探究为什么事情如此巧合，沈兮被人偷拍，张云旗怎么就正好撞到了？这难不成是瓜中瓜？

为此，大家极其默契地为自己分了类，有人站沈兮和张云旗复合，有人站沈兮和周清和复合，有人想要探索事件的真相，剩下的那一类人就是陶星遥的铁粉，还在拼命追着沈兮骂并试图替陶星遥洗白。

周清和看着网上不同派系的言论，但凡是看到有支持张云旗和沈兮在一起的，他反手就是一个举报。沈兮无意中撞见之后，只觉得他幼稚到令人发指。

周清和最近跟沈兮走得近，所以也明白了娱乐圈的一些套路，现在因为张云旗的举动，网上对他和沈兮复合的呼声非常高。

想到之前在沈兮电脑上看到的她和张云旗的合照，周清和直接买了自己和沈兮的热搜。

常年混迹娱乐圈的许文臣第一时间发现了周清和热搜的不对劲，彼时他刚把新的合同送到张云旗的办公室，在等他签字的时候便嘴欠提了一嘴这件事。

张云旗皱眉："这种东西还能买吗？"

许文臣："啧，这你就不知道了吧？现在有关你和沈兮的事，大家是极度看好的，虽然隔壁周总他的个人魅力要高过你，但是这方面你稳赢。"

张云旗挑眉，突然感到些欣慰，从他认识沈兮的第一天起直到今天，唯一看好他们的竟然是广大网友。

"张总，我也想知道，怎么就那么巧你就看到有人偷拍沈兮了呢？"许文臣代表广大吃瓜群众问出了心声。

事情要从当时跟沈兮重逢的时候说起。那天在超市看到沈兮之后，张云旗就像着了魔一般，每晚都要去她家的楼下待一会儿，一开始并没有发现什么异常，直到有一次他下班早，赶在沈兮没到家之前已经把车停在了她家楼下，当时那几个偷拍的人的车就停在他车旁，因为他的车膜从外面看不到车内的原因，那些人偷拍得光明正大，如果不是知道事情的实情，他还以为这些人是沈兮雇来给自己摆拍的。

许文臣听闻事情的经过，隐忍地拍了拍张云旗的肩膀。和沈兮过去的事，张云旗之前喝醉了之后跟他全部交代了，虽然现在他挺心疼张云旗的，但他觉得当初的沈兮更可怜，所以从张云旗的办公室出来，许文臣又暗戳戳转发了几条支持周清和和沈兮在一起的微博贡献热度。

在当初事情闹到白热化阶段时，沈兮在家躲了一个多月，她不敢出门，所以没有收入，此时事情近乎真相大白，除了她精分是黑历史之外，已经没有什么值得人穷追不舍骂到她必须要以死谢罪的槽点。

她的暴风雨已过，黎明将至，有几家娱乐公司打来了电话询问她是否可以入职，其中就包括秦汉传媒。张云旗给她开出了星河三倍工资的条件，如果现在秦汉不是张云旗在管，她一定毫不犹豫投奔过去。

这几天沈兮敢出门走动了，第一件事便是去找房子。她自己的房子租给别人时签了一年的合同，她总不能这一年都在周清和的房子里白吃白喝，这房子有四百多平方米，租她是租不起的。

赶了个晴天，她决定出门落实租房计划，一开门刚好遇上周清和停车。自从他上次被鬼附身一般向她表白后，就再也没提过关于那事的只言片语，一切仿佛都是沈兮的错觉，让她即便是想拒绝也无从开口。

周清和见她要出门，便没下车，问她："去哪儿？"

沈兮嘴角有些僵硬："我去找房子，这段时间谢谢你了，但我也不能一直在这儿住，而且我最近准备去城南的鲸闻娱乐了，我得到那边看看房子。"

城南地理位置比较偏，周清和闻言，眉头轻皱："先上车吧，我送你过去。"

鲸闻娱乐比不上星河传媒，但是相对于一般的娱乐公司来说还是比较靠谱的，而且鲸闻开的价格也高，他们的艺人精神状态也非常稳定，虽说没什么大咖，但是也很少有人传绯闻，文案组是真正意义上负责宣发，其他的事都不用管。

"已经决定了？"周清和看了沈兮一眼，城南离他现在的住处有些远，算上堵车的时间，来回大概要一个半小时。

沈兮点头："这段时间真的感谢你的帮忙，今天你有空的话我请你吃饭作为答谢。"

周清和右手搭着方向盘，左手摸着下巴若有所思："晚上去我那儿做吧。"

晚上去他那儿做？沈兮觉得自己一点都没有想歪。

周清和和沈兮的事情在外人看来逐渐透明化，网友们再看到两人被拍到的照片时，已经见怪不怪，摘下了有色眼镜，大家甚至觉得两个人十分般配。

不同于陶星遥的可爱和小鸟依人，沈兮是属于御姐型，她身材高瘦，一头利索的锁骨发更是衬得人干练，这样的人配“高岭之花”周清和，似乎是天生一对。

周清和今天休息，陪沈兮看了一整天的房子，直到傍晚时分总算是找到了各方面都符合她预期的房子，房子是精装修的，可以直接拎包入住。

为了感谢周清和，晚上去周清和家的时候，沈兮自掏腰包买了不少好吃的。两人一进门，正看见杨炀躺在沙发上看电视。乍一看见沈兮进来，杨炀吓了一跳，他一个鲤鱼打挺从沙发上跳起来，整张脸通红。

“你怎么来了？”周清和放下手里的菜，皱眉问杨炀，“你今天不是有饭局吗？”

“饭局黄了。”杨炀看着沈兮，有些话没说出来。

沈兮倒是想回避，但是现在她家已经租了出去，她想了半天，借口要下楼买饮料，把空间留给了杨炀和周清和。

这次杨炀来乃是受陶星遥所托，刚出了事那会儿，陶家铭嫌丢人，先是打电话把她破口大骂了一顿，然后就停了她的卡不再管她的死活，这些陶星遥都不在意，她在意的是周清和怎么想她。无奈之下，她第一时间联系了杨炀，让他找到合适的机会帮忙在周清和面前刷刷好感。因为她这事做得实在太龌龊，杨炀起初也没答应，后来实在扛不住她整天的电话轰炸，这才硬着头皮答应了下来。

“你跟沈兮和好了？”杨炀开门见山，试探道，“谈个恋爱还轰轰烈烈的，这可不像你。”

“陶星遥让你来的？”自打一见着杨炀，周清和就知道他无事不登三宝殿。

杨炀闻言一愣，然后极不好意思地搔了搔头：“是……她这段时间过得挺惨的，戏马上要杀青了，也没人去跟她庆祝，要不咱俩看看她去？”

陶星遥拍戏的地方在云莱镇，那是沈兮的老家，之前沈兮休假想回却一直没回去。

周清和摸着腕上的手表，想了想，答应了下来。

平心而论，杨炀有些惊讶。他今天来，真的没抱周清和能答应的希望，陶星遥这事办得太不讲究，如果把周清和换成自己，他如果不十倍奉还都算他和陶星遥交情好。

“你不是要去暗杀陶子吧？”他心里还是有些没底，这不符合周清和人狠话不多的人设。

周清和哭笑不得，把人往客厅赶：“要是想吃饭就滚到外面去等着，不要在这儿碍手碍脚。”

杨炀挑眉，他们这帮人中就数周清和四肢不勤五谷不分，谁嫌弃他杨炀碍手碍脚都轮不到他。杨炀张嘴要反驳，忽然听见有人敲门，不由得嗤了一声："算你今天命大。"

沈兮拎着两瓶果汁回来，为了避免尴尬，她与杨炀打了个招呼就直接钻进了厨房。周清和在一边围上围裙，一副跃跃欲试的样子。

那围裙是之前沈兮去超市顺便买的黄色皮卡丘图案的，系带那里支起两只耳朵，与一脸禁欲的周清和形成十分鲜明的对比。

沈兮"扑哧"一声笑了出来："你不出去？"

今天他开了一天的车，很消耗体力，虽然他嘴上没说，但是她也长时间开过车，知道那种腰酸背痛的感觉。

"男女搭配干活儿不累，这话你没听过？"

十五分钟后，沈兮看着不知道被周清和扔了什么给堵住的下水管，有些无语。所以说，有时候古话也不能太当真，起码跟他搭配着做饭，是比自己做要累一百倍的。

"你会通下水道吗？"沈兮熟练地把青椒切成丝，头不抬眼不睁地问他。

周清和很坦荡地回道："开什么玩笑，我不会。"

锅里还炖着菜，沈兮实在腾不出手，便让他去问杨炀会不会。

客厅里突然爆发出杨炀自杀式袭击的笑声，那笑上气不接下气，仿佛驴叫。沈兮被吓了一跳，回头一看，杨炀正举着手机对着周清和疯狂拍照。

“要不说人还是要活得久一点，活久了什么都能见到，我今天非得在朋友圈好好给你曝光一下，让大家看看高冷总裁周清和那不为人知的一面。”

周清和黑着脸挡开他的镜头：“会不会通下水道？”

“就这？”杨炀收起手机，伸着懒腰一步三晃向厨房走了过去，语气里满是嫌弃之意，“沈兮，我就跟你说，找男朋友不能找周清和这样的，他简直是个‘生活废’，除了有钱和长得帅，哦，还有人挺缺德之外，其他真是一无是处。”

上学那会儿杨炀和周清和就天天混在一块，所以他的性格沈兮还算了解，这么多年了，他的嘴依然那么欠。

周清和扼住杨炀的后脖颈：“别废话。”

杨炀最后嘲讽了周清和一番，然后蹲下一顿操作猛如虎，最后沈兮开水试了一下，刚才池中的水还有一丝下沉的迹象，再看现在，水面平如镜。

沈兮：“……”

杨炀：“……”

吃饭的时候已经是晚上八点。

沈兮将厨房收拾了一遍，这才上了桌。

两位大爷一早就入了席，杨炀低头摆弄着手机，沈兮坐下之后突然生出一种是她逾越了的错觉，她应该拿着酒瓶站在桌边伺候的。

“辛苦了沈兮。”

杨炀发完朋友圈，笑嘻嘻地朝她举了一下杯子。

懂了。

沈兮替人把饮料给倒满，又顺手把周清和面前的空杯填满。

周清和看着杯子正中的旋涡，问她：“鲸闻让你什么时候去上班？”

“下个月。”她还可以在家休息小一个月，正好可以处理一下私事。

“我记得你家在云莱镇？”

沈兮点点头。云莱镇不大，但是那儿的风景全国闻名，空气质量在全国能排上前三，她的印象里，那儿的人总是络绎不绝，热闹得很。

“我这两天正好要去那儿，你要一起吗？”

杨炀正在喝饮料，闻言呛了一下，直接捂着嘴奔去了洗手间。他就说周清和怎么会答应得这么爽快，敢情是为了讨好沈兮。

一听说回家，沈兮的两只眼睛都放着光芒：“我可以吗？你是去做什么，带着我方便吗？”

“方便，我跟杨炀去考察。”

云莱镇之行定在了两天后。那里离依云市很远，开车单程需要三个多小时。

沈兮不爱在服务区吃饭，在征求了周清和和杨炀的意见之后，她提前一天买好了路上吃的食物。

三人一早出发，开了近一个小时才进入高速公路，杨炀窝在副驾驶里睡得直翻白眼，担心周清和开久了疲劳驾驶，在到达第一个服务区小憩之后，沈兮把周清和赶到后座休息。

周清和的车都是黑色的，最便宜的车也要将近七位数，她坐在驾驶座上，心理负担有些重。

“车而已，不要紧张。”周清和从后视镜看着她的眼，“你之前开的那辆比这辆贵多了。”

有钱人的世界她不懂。

车开到一半，杨炀睡醒了，他下意识地偏头看了驾驶位一眼，转过头，几乎在同时，他又猛地转回去，仿佛见了鬼一样，正要开口说话，后座的周清和清了一下嗓子，他又把话给憋了回去。他鬼鬼祟祟地掏出手机拍了沈兮以及方向盘，然后发了个朋友圈。

【这是周清和的车，你们懂的。】

这条朋友圈的上一条是前天周清和穿着皮卡丘围裙的照片，配文是：【周清和下厨了，这是道德的沦丧还是人性的扭曲？】

两条朋友圈没有屏蔽任何人，其中自然包括了陶星遥。

陶星遥这段日子过得很艰辛，尤其是在拍戏期间，她的状态极差，眼见着就要杀青，最后几个镜头总是NG，她越着急越是找不到状态，最后导演直接让她回去休息，先拍其他人的戏份。

下了戏，剧组里的人都围过去安慰她：“你不要被影响，这些事都不算什么事的，之前秦汉的那个谁不是也出了类似的事吗？她现在依然混得风生水起，各种剧和代言不断的，娱乐圈嘛，就是这么回事，认真你就输了。”

她大力揉着太阳穴，这些日子陶家铭彻底跟她断了联系，周清和面对她一天几乎一百多条的微信一条都不曾回复，其余的朋友对于她的倾诉大多是敷衍了事地安抚她几句，除了杨炀真心实意把她臭骂了一通外，她似乎被所有人孤立了，不过是几天的工夫，她的心理防线已经彻底崩溃。

“你先回去休息一下，好好调整状态。”副导演轻轻拍了拍陶星遥的肩膀，看起来倒像是真心实意的。

陶星遥回了房，一摸口袋，发现手机落在了片场，不得已，她又折回去取，还没等走近，就听到刚才还推心置腹劝导她的众人正围在一起聊自己。

“这就是自作孽不可活，现在她抑郁了，怎么不想想当初往沈兮身上泼脏水的时候人家能不能承受得住，明明都是年纪差不多的小姑娘，心机实在太重了。”

“可不是嘛，她以前那副乖巧劲儿都是装出来的。她的口碑那么好，还不是她们家公关部的功劳，这会儿她反口就咬了人家一口，真是个白眼狼。估计也就是看在她那有钱爸的份儿上，星河才不追究她吧，这要是换成一般人，这会儿不知道是什么下场。”

“你说这事爆出来之后，如果星河跟她解约，还有公司敢要她吗？”

“你们还是太年轻了，你以为娱乐圈这种事少？只不过是之前没爆出来而已，快收起你们那副没见过世面的样子，自己都是个丫鬟了还替人家小姐操心，再不济人家爸是陶家铭，陶星遥就算每天什么事都不做，往死里花钱，这辈子她也挥霍不完，赶紧工作吧几位。”

陶星遥几乎将嘴唇咬破，她终究没迈出去拿手机的那一步。一转头，看见刘敏站在她身后，不知道刘敏来了多久，或许那帮人的话刘敏全都听到了。

“这会儿难受了？”刘敏跟陶星遥说话向来不留情面，“这事我会替你摆平，以后麻烦你把重心放在你的事业上，多研究怎么把好的作品和正面形象呈现给大家，少琢磨那些歪门邪道的东西。”

没有人懂她，现在让她觉得难堪的不是她的小人行径被曝光，而是周清和彻底不理她了。陶星遥烦躁地捋了一把头发，杨炀已经答应带着周清和来看她，或许这是修复她和周清和关系的最后一次机会。

刘敏替她拿了手机，叮嘱她：“如果最近的消息让你不舒服，那你就干脆停用手机。为了这部剧你没少付出，大风大浪都过来了，不要最后在阴沟里翻船，就差最后几个镜头了，你必须全力以赴，这部剧是你为自己洗白的最有利的途径。”

刘敏说完就走了，陶星遥简单洗漱之后上了床，摸过手机，她习惯性地给周清和发微信。

如她所料，消息石沉大海。退出聊天界面的时候，她顺手点开了朋友圈，之前拍戏一直没时间看手机，当看到杨炀发的动态时，她觉得整个人如坠冰窖。

照片里，沈兮的短发被风吹乱，细嫩的手腕上系着一根银制的手链，字母“X”随着她握着方向盘的动作微微晃动着，她专心致志地看着前方，丝毫没发现被人偷拍。

陶星遥狠狠咬着下唇，周清和的私车从来不外借也从来不让别人碰，如果说这次求杨炀带周清和来是因为她依然抱着希望的话，在看到这张照片的同时，她觉得心凉了一些。

关闭照片再往下翻了翻，皮卡丘的围裙仿佛一万根银针，一针一针全刺在她的心上，针孔密密麻麻使人喘不过气，不知道那时的周清和要跟杨炀说什么，他微微侧着身子，一副随时要回厨房的模样，她把照片放大到几乎完全模糊，这才看到周清和身后站着的沈兮，沈兮应该是正切着菜，温馨的画面就这样呈现在众人面前。

陶星遥紧紧捏着手机，掌骨都微微泛白。良久，她几乎是颤抖着手卸载了微信，反正当初用微信全都是因为周清和，现在微信唯一的用途没了，她留着倒是恶心。

晚些时候，她给杨炀打了个电话，假装一切都没发生过一样，问：“你们什么时候到？”

杨炀看了眼沈兮，身子朝副驾驶的车门的方向转了一些，用车里的人全都能听到的气音回：“按照这速度，估计得下午了。”

沈兮：“……”

果然，一切按照杨炀的计划进行，太阳已从天空最高处缓缓下沉时，沈兮一行三人刚刚进云莱镇的地界。

听说云莱镇以火锅闻名，之前杨炀一直想来尝尝，但是因为没有人陪他来，所以他一直没有圆梦。今天好容易来一趟，在路上的时候他便一直念叨要好好吃一顿火锅，对于周清和递给他的食物他都嗤之以鼻，宁可饿得肠绞痛也坚决要空腹，就怕一会儿吃火锅的时候不尽兴。

沈兮作为云莱镇的土著，尽职尽责地把人带到了本地人最常光顾的那条美食街，细细挑选了一家火锅店填饱杨炀的肚子。

路边可以停车，她下车锁好车门，一转头发现街上不少年轻人都在打量这辆车，大家窃窃私语不知道在说什么，她没在意，快步跟上了周清和的步伐。

小店不大，但是生意异常火爆，即便已经到了下午，店内依然座无虚席。这家店没包间，最后几人等到了靠门口的一张桌子，落座后，透过玻璃门，沈兮看到有人站在周清和的车前拍照。

这事她在网上经常见，有不少“负二代”喜欢租车或者街拍别人的车来发朋友圈。看着拍照者身后自觉地排起长龙的年轻人，她咂舌，其实这些人大可不必活得这么虚伪，毕竟别人没有你想象中的那么在意你有没有钱，追根究底，一切的恐惧都是来自于内心的自卑。像她就从来不自卑，因为她已经破罐破摔，所以压根儿没有抱希望自己能过上锦衣玉食的生活，这么一想，生活反倒愉快起来。

陶星遥打来电话的时候，杨炀正唾沫横飞地跟沈兮称赞云莱镇的火锅味道，一看到陶星遥的电话，他顿觉自己的咽喉被人扼制住一般，去到洗手间才敢接起电话。

陶星遥的嗓音听起来有些沙哑，她问："你们到了吗？沈兮还跟你们在一起呢？我今天又是后半夜的戏，你们什么时候来看我？"

"吃完火锅就去了，还差最后一口。"杨炀回味着云莱镇火锅的味道，想到陶星遥因为工作性质不敢吃东西，他又吧唧了几下嘴，"这儿的火锅还真不错，可惜你吃不了。"

从饭店出来，三个人分道扬镳，把沈兮送回老家的房子，周清和在她们村附近的酒店开了两间房。

"陶子后半夜的戏，现在去看她吗？"因为陶星遥狂轰滥炸的功夫了得，所以杨炀一直记着她交代给自己的事。

这次来云莱镇，周清和计划待一周，他原本打算最后一天再去找她。

见周清和不说话，杨炀直接拖着他往外走："我这礼都收了，事不能不办，你就去看她一眼就行，不说话都行。"

经不住杨炀的软磨硬泡，周清和最终还是坐上了车。

收到人已经在来的路上的消息，陶星遥一早就在影视城门口等。远远地，看见属于周清和的那辆车，她原本还想矜持一下，可最后还是不由自主地迎上前去。

为了不引起不必要的误会，周清和坐在车里，对陶星遥说：“有事你到车里说。”说完升上车窗。他虽然警告过她不要跟自己捆绑炒作，但这不代表其他人也听话。

陶星遥已经将道具服装换下，她这次拍的是古装剧，扮相很庄重，那头饰有时压在头上，一整天下来，她只觉得脖子要断了，这冷不防换回了自己的衣服，她突然领会到了“身轻如燕”的含义。

“我还没吃饭呢。”她上车之后，扶着周清和的车座边缘，语气听起来像撒娇，“我原本还想请你们去吃火锅，既然你们吃完了，那你们陪我去吃嘛。”

如果换作很早以前，周清和一定没有意见，但今日不同以往，他只想跟她划清界限。当然，让她饿着肚子也不太好，不管怎么说几人也是从小的交情。

周清和发动车，把人往刚才他们吃过的那家火锅店带。

陶星遥见状，心里不禁有些窃喜。她已经很久没有跟他一起吃过饭了，现在他不拒绝是不是代表已经原谅她了？

很显然，一切都是陶星遥想得太多了，到了地方周清和直接把两人赶了下去。杨炀人生地不熟不想下车，他抱着周清和的手臂：

“我已经吃饱了，让她自己去吃吧。”

周清和无情地把人推下车，然后一脚油门，车便消失在了街尾。

周清和虽然全程都没下车，但依然被人给拍到了。

“周清和去剧组探陶星遥的班”的消息不胫而走。

沈兮看着手机里的内容，原本想生气，后来想想，她似乎也没有理由去对周清和的所作所为产生任何的不满情绪。

她站在院子里看房子。她已经好几个月没回来过，屋子没有人气之后冷清了不说，因为长时间不通风，气味也不是很好闻，房屋四角都已经结了蜘蛛网。

沈家的房子，正房屋子有三间，两边的厢房屋子各有两间，因为还带了个院子的缘故，老屋占地面积很大，这是当初父亲和奶奶还没分家时盖的，那会儿全家五口人一起住自然是热闹。

沈兮换了身旧衣服开始清理房子。她这段时间整理了下房屋信息，准备上传到二手房交易平台上。她现在的重心在依云市，云莱镇已经没有了亲人，所以这房子再留着也没有意义。

在收拾抽屉时，她在最下面的角落翻到了一本老相册，相册的封面上已经盖了厚厚的一层灰，虽然已经擦过，但翻开时还是呛得她一阵咳嗽。这是她家唯一的一本相册，里面有沈兮一家五口的生活照，那时沈江和方洁都还年轻，沈兮正是蹒跚学步的时候。已经泛黄的照片记录着那些早已被时光磨灭的幸福瞬间，她鼻头有些发酸，轻抚着一张张照片，似乎还能想起当年沈江外出干活儿回来在院子的井里打水时的场景。

越往后合照越少，即便是有，大家的脸上也都是麻木的。等翻到最后一页时，上面只剩下了她独自一人，就像她的命运一样。

合上相册时，一张单独的照片掉落在地，沈兮捡起一看，发现这是张云旗的照片。那时的张云旗的凶相只是初具苗头，如果她没记错，照这张照片时，正是张云旗跟着母亲过来玩的时候。

当时她把张云旗的照片给奶奶看，奶奶知道他俩在谈恋爱，高兴得不得了，抚着她的头发说："我就说我们兮兮会有人照顾的，即便以后奶奶不在了也放心。"

那时张云旗有事没事就往她家跑，她知道奶奶很喜欢他，因为每次他来，奶奶即便是腿脚不便，也会去集市上买菜然后准备一桌丰盛的饭菜。等到后来得知她和他分手，奶奶什么都没说，只是安慰她让她打起精神，说人的一生总有过客，既然过去了就要看开些，虽然这么说着，但是一天晚上她起夜，正看见奶奶坐在昏黄的灯下看着张云旗的照片默默擦着眼泪。

这张照片应该是奶奶夹在相册中的。

奶奶去世前，依然惦记着沈兮，惦记着张云旗，只是那会儿张云旗正在世上的某个角落过着锦衣玉食的生活，自然不知道在山的另一边，还有一位即将离世的老人家在惦念着他。

想到奶奶临终前满是遗憾的样子，沈兮就觉得她没办法原谅张云旗，虽然这样的举动有些道德绑架，可是她心里的坎儿一直无法跨越。

正要把张云旗的照片撕了，忽然听到身后传来敲门声，她被吓得一哆嗦，转头一看，周清和正抱肩靠在门框上似笑非笑地看着她："看什么呢这么入神？"

他在门口站了有一会儿了，见她一直低头在看着什么便没出声打扰。

沈兮下意识地把照片往身后藏，这一举动自然落在了他的眼里。他看了眼她的手，装作若无其事的样子走过去："在做家务？"

沈兮把照片胡乱塞到抽屉里："嗯，我准备把房子卖了。"

"卖了？"周清和挑眉，"沈兮你是不是飘了？"

云莱镇是全国著名的旅游风景区，这边的风情园要扩建，她家的房子被征用是迟早的事，之前他打听到了一些风声，她家附近也要开发私人垂钓园，所以现在卖房子自然不是好的选择。

"这你都知道？"

听罢周清和的话，沈兮觉得有些不可思议。他人在依云，居然还能操心云莱镇的事，这样的人不发财那才是奇怪。

"不过你怎么过来了？陶星遥在忙吗？"沈兮努力将自己即将成为百万富翁的喜悦压了下去，转头起了一个令人不太愉快的话题。

周清和把话原封不动地还给她："这你都知道？"

"全网都知道了啊。"沈兮挑眉，然后越过他，"你先坐会儿，我去烧点水。”

这是周清和第一次来她家坐，她琢磨着虽然房屋简陋，但是礼数要到位。

刚才沈兮塞照片时太匆忙，导致照片还有一大半露在抽屉外面，周清和假意在屋中踱步，然后踱到了抽屉前，垂眼一看，正跟张云旗的半张脸对上眼。他的脸色顿时黑了下来。

沈兮进屋之后，本能地察觉到周清和的情绪似乎不太高。

“你坐啊。”她翻箱倒柜找着杯子，“家里没茶叶了，你先凑合着喝点开水，回头到了依云我给你把这顿茶水补上。”

周清和冷笑了一声：“茶叶都被张云旗喝完了吧？”

“啊？”张云旗的名字突然被提起，沈兮有些没反应过来，她正要再问第二句，他已经铁青着脸转头走了。

周清和走得匆忙，手机落在了沈兮家的桌子上。她走到桌前，这才看到张云旗的照片没有放好，或许他是因为这个生气了？

沈兮直接撕掉照片，奶奶说得对，既然已经是过客，就没必要再留着占地方。只是周清和看起来似乎非常生气，这就有些棘手了。

屋子打扫完已经是傍晚，沈兮累得坐在床上休息，微风从已经变形了的窗框中吹进来，更让人觉得闷热。屋里没有洗手间，洗澡要去院子角落的小耳房中。说是小耳房，其实就是几块木板搭建的一个极其简陋的小木房，房子上挂着一个不锈钢的水箱，它的工作原理类似于太阳能热水器。

下午时她向里面加了水，这会儿水温刚刚好。

她站在水管下，被水一浇，整个人舒服不少。下午周清和甩手而去的模样还在她眼前晃。

其实周清和挺好的，当年两人谈恋爱那会儿他还是很关心自己，就拿衣食住行来举例，每天的三顿饭，他生怕她吃不好似的，只要她说想吃什么，即便那个地方是在城郊，他也会带她去吃，平时只要是她多看两眼的东西，没一会儿它便会属于她，所以那时她几乎不敢去逛街，也不敢跟他说自己喜欢什么。

她一直以为他只是家庭条件较好，现在想想，她还是太天真，那会儿院领导和导员跟他说话时那么恭敬，她直到后面才反应过来，不是因为院领导亲民，也不单是因为他成绩突出，是因为周清和是他们得罪不起的人。

如果他只是个普通的有钱人家的孩子多好，她稍稍努力便能追赶上他。

沈兮揩了把脸上的水。虽然两个人当时只谈了半个月的恋爱，但是那半个月她是真的很开心，开心到她以为自己终于遇到了那个对的人，直到无意中听到他打电话时她才知道，一切只不过是重蹈覆辙，他们两个人之间始终存在巨大的差距，张云旗家都是如此，比起张家有过之而无不及的周家应该更重视门当户对的观念。

沈兮提出分手那天，两人在食堂吃着饭，周清和把鸡腿夹到她的碗里，他不太会说甜言蜜语，向来都是用实际行动代替语言。

“我们……分手吧。”沈兮的头低得几乎埋进了碗里，她不敢抬头，生怕看到他会哭出来。

对面诡异地安静了下来，沈兮低头啃着鸡腿，半开玩笑似的道：“以后万一你家里拿着支票来找我让我离开你，我肯定会笑纳的，那会儿我们也还是要分手的，可能连一点好的念想都没了。”

周清和是多骄傲的一个人，他怎么可能允许沈兮随随便便地跟他提分手。他饭都没吃完，起身便走了。他当时没想他们能真分手，他只是觉得应该晾着沈兮让她长长记性不要乱说话，万万没想到这一晾就是这么多年。

沈兮向后捋着头发，她可能不配拥有爱情，这辈子注定只能成为一个孤独的富婆。

院门处突然传来轻微的声响，沈兮耳尖，发现不对之后便关了水。外面的声音更清晰了一些，院中除了虫鸣声之外，还有金属碰撞的声响，她心里一惊，这分明是有人在撬她家的锁。

一声闷响过后，院中沉寂了下来。她手忙脚乱地将身上擦干，几乎是刚将衣服穿好，就见那单薄的门板被人大力拉开，原本已经很脆弱的门板撞到了院墙上，直接脱落。门外，一个四十多岁的男人看着她，笑得一脸猥琐。

“你是谁？”

“你就是沈家丫头？”

那人一张嘴，酒气熏天，不等她答话，人便喘着粗气向她扑来。

沈兮穿着塑料拖鞋，因为刚洗过澡，鞋底太滑，向旁边一躲，脚直接穿过鞋面踩到了地上。

沈兮低头看着套在脚腕上像脚链一般的拖鞋，气不打一处来。

“过来让叔稀罕稀罕。”

男人说着又嘟着嘴凑了上来，她恶心得直接握拳朝他脸上砸去。

手都还没碰到男人，他便自己飞到了墙壁上，沈兮有些错愕地抬头，这才看到不知道什么时候出现的周清和。

周清和冷着脸看着她，问：“你有没有事？”

沈兮摇头，她还以为男人是来碰瓷的。

“幸好我们来了。”一直躲在墙角的杨炀见男人直接撞晕过去，这才敢走过去踹两脚，边踹边说，“什么人你都敢碰，你怕是活腻味了。”

周清和恨不能直接剐了那个男人，他眉头皱成个“川”字，对沈兮道：“你家太不安全了，跟我去酒店。”

沈兮报了警，杨炀负责留下来善后，周清和带着沈兮先走一步。

一上车，沈兮就把手机还给了他，只字不提下午时的不愉快，当然，周清和自上车后也一直没说话。

像是感受到了车厢中的沉默，周清和的手机响了起来，他看也不看直接挂断，沈兮将车窗稍微放下些透气。周清和见状，又点了下中控键合上了她那边的车窗。

沈兮只觉得气血翻涌。

到了酒店，周清和刚一停好车，她便开门走人。拉开车门的一瞬间，闪光灯疯狂地闪了起来，周清和眼疾手快，又把她拉回了车里。

“怎么回事？”周清和问。

沈兮觉得他抢了自己的台词，这些人分明是来蹲他和陶星遥的，自己才是该茫然的那一个。

周清和直接把车开到地下停车场，他问沈兮：“这么被拍，对你的工作有帮助吗？”

沈兮摇头，她不是明星，不需要靠传绯闻来维持自己的名气。

周清和点点头，一副“我知道该怎么做了”的样子。

两个人像是搞婚外恋的人秘密相会那般，从地下车场的电梯直接去到周清和房间的楼层。直到进门，沈兮提着的那口气才彻底呼出来。刚才来得太匆忙，她的头发还没干，摸去了卫生间，一推门，正见陶星遥在洗着手。

第六章
眼中的星辰

陶星遥显然也没想到能在这儿撞见沈兮，两人都有些无语，随后跟进来的周清和在看到屋内的情形之后也愣了一下。

“杨炀的房间在隔壁。”他看着陶星遥，“我这儿有他的房卡。”

以前陶星遥不是没看过周清和这么对待其他的女人，那时她总在一边偷笑，也时常庆幸他喜欢自己。就是托了他从不与人暧昧，做事丝毫不拖泥带水的性格的福，她在过去才敢那么放心地与他周旋，她知道他一旦认定一个人是不会轻易动摇的。

陶星遥擦干手，对沈兮报以微笑，仿佛她从来没给沈兮穿过小鞋一样，然后对周清和道：“杨炀让我在这儿等他一下，他一会儿送我回剧组。”

沈兮咳嗽了一声，小声对周清和说：“你把杨炀那屋的房卡给我一下，我去那里吹头发，你们先聊。”

“不用了。”陶星遥制止住她，“我走。”说完就拉开门出去了。

想到楼下成群的狗仔队，沈兮原本想提醒她一下，转念一想，当初自己被全网黑的时候她也在一边心安理得地看热闹，所以有些事，自己没必要做。

再晚些时候，沈兮借口去楼下买东西到前台开了一间房，周清和、杨炀的房间小三千一晚，她实在住不起。

顺道买了些吃的，回到房间她开始刷微博，不出意外，她和周清和又上了热搜。重新登录自己的小号，看着评论区里各种好的、坏的留言，她感觉自己已经离开这个行业很久了。

现在大家对于她和周清和的事似乎已经见怪不怪，除了陶星遥的一些铁粉依然追在她屁股后面骂她之外，其他人要么是祝福，要么就是沉默。

有时她在想，如果周清和不是周清和，是不是他们的结果就会不一样，后来再一想，如果周清和不再是周清和，那她一定也不会是这样的她，所以，一切都是最好的安排。

手机的振动把她拉回到了现实中，屏幕上，一串归属地为依云的陌生号码不停闪烁。

接起电话后，陶星遥的声音从另一头传来："明天我下午有时间，你能来剧组一趟吗？我想跟你聊聊。"

"我们有什么好聊的？"沈兮觉得她的脑子有些不正常了，或许是被自己和周清和连续几日的热搜刺激的？但其实只要是正面的热搜，全都是周清和买的，有一说一，沈兮觉得他特别无聊。

“我想给你道歉。”陶星遥的态度十分友好，“电话里表达不出我的意思，请你明天来，我们面谈，好吗？”

第二天，沈兮不知道自己抽了什么风，她居然真的去到了剧组。摸着自己的良心讲，她一直想把两个人之间的误会说清楚，既然昨天陶星遥主动相邀，她觉得这不失为一个机会。

这会儿陶星遥还在片场拍戏，只见她被男主角一个巴掌抽翻在地，然后捂着脸，一脸不可置信地看着对方，语气诧异道：“你打我？你居然为了她跟我动手？”

沈兮站在片场的最外围踮脚向里看，她是第一次到现场来看人家演戏，总觉得哪儿都新奇。

导演的声音从扩音器里传了出来，粗声粗气的，一听便知道心情不太好：“陶星遥你还没找到状态吗？你刚才的语气太浮夸了，眼睛不要瞪得那么大，你不能什么情绪都要通过瞪眼睛来表达，再来一遍。”

然后沈兮看着陶星遥一个镜头过了十遍还没达到导演的预期，第十一遍的时候，导演直接爹了毛，他把手里的剧本一扔：“拍的什么鬼东西，别拍了。”

现场安静了下来，男主角把陶星遥从地上拉起来，有些抱歉地说：“我刚才下手是不是重了？”

的确，陶星遥的脸似乎都有些肿了。

刘敏适时递上冰块，把陶星遥带到一边休息。沈兮想过去跟她说话，又觉得时机不合适，正犹豫的时候，忽然听见了杨炀的声音，她偏头一看，果不其然，杨炀和周清和正从门口走进来。

显然，大家都是认得周清和的，这会儿见他来，原本正站在树下抽烟的导演郑顺走过去跟他打招呼。

郑顺在圈内小有名气，一般他拍的剧都能上星，所以这也导致了他的脾气逐渐暴躁，只是这会儿见他和周清和说话，沈兮只觉得他脾气温和得不得了，仿佛刚才发火的人不是他一般。

简单交谈了几句，周清和带走了陶星遥，只见他走了几步，不知道察觉到了什么，回头看了一眼。沈兮忙侧过身，把口罩向上提了提。

不知道陶星遥要多久回来，沈兮自己在远处找了个阴凉地方坐着等人，她觉得自己不像是来接受道歉的，更像是来上访堵人的。

身边有不少来探陶星遥班的粉丝，他们进不去片场，只能在外面守着盼着等陶星遥，以为沈兮也是粉丝，他们极度热情地递给她一瓶冰镇的酸梅汤，并热络地跟她聊起了天。

“你粉陶子多久了？你也是‘淘宝’吗？”

“淘宝”是陶星遥粉丝团的代号，沈兮想笑，但是不敢，现在陶星遥在圈里的名声虽然不太好，但依然是有铁粉的。

“是啊。”她正好口渴，拧开瓶盖，摘下口罩，喝了一口。

那个姑娘的眉头便皱了起来：“咦？我怎么觉得你看起来有些

眼熟？”

沈兮险些被酸梅汤呛到，她淡定又从容地把口罩戴上：“哦？我长了一张明星脸来着。”

那个姑娘撇嘴：“我想起来了，你长得好像沈兮。”

沈兮：“沈兮？她是谁？”

“你是新来的吧！”姑娘听到她的话，一脸“你太不专业了”的样子，“那个精神病，抢我们陶子的男朋友，还四处造我们陶子的谣，总之，是一个很不要脸的东西，我要是亲眼看见她，我非把她的头拧下来。”

沈兮觉得脖子上一凉，她不动声色地拉开跟小姑娘的距离，尴尬又不失礼貌地笑着。往后挪的时候，她不当心撞到了人，忙回头跟人道歉，被撞的人是个将帽子压得极低的年轻男孩，听到沈兮跟自己道歉，男孩把帽子压得更低了，他局促地把脸转到一边，说了句“没事”。沈兮觉得他看起来有些奇怪，但是转念想到他们的偶像陶星遥更奇怪，如此一来便也释然了。

大约十五分钟之后，陶星遥自己一个人回到了片场，不知道在这期间她和周清和以及杨炀发生了什么，她的眼睛红肿得厉害，整个人无精打采的，沈兮琢磨着自己这趟怕是要白来，以她此时的状态来看，别说是她的道歉了，可能连之前的误会两个人都没法解开。

沈兮拍拍屁股上的灰，正要离开，余光里忽然见一道黑色的影子冲了上去，那身形仿佛一只豹子。

凭借着多年练武的直觉，她只觉得那人冲过去多半是为了攻击。来不及多想，她也一个箭步冲了上去。

一切都发生在眨眼之间。

伴随着众人的惊呼，陶星遥被惯性之下刹不住车的沈兮撞翻在地，头撞到台阶上，直接晕了过去。沈兮来不及管她，她紧紧握着穿着一身黑的男人的手腕，长腿一扫，一个过肩摔便将那人掀翻在地。众人这才如梦初醒，纷纷冲过来，合力把那人制伏。刀尖染了鲜血的水果刀掉落在地，那人被反剪双手按在地上，嘴里还喊着："陶星遥我饶不了你，你抛弃了我，不会有好下场！"

沈兮认出那个拼命嘶吼着的黑衣男人正是自己刚才撞到的那个男孩，想到刚才的情形，她觉得男孩的精神可能不太好。

"谁受伤了？"有人捡起地上的刀，吼了一嗓子。

沈兮下意识伸手向右边的小腹处摸了一下，一股温热的液体沾在手上。她后知后觉地感受到伤口处传来的阵阵痛感，她应该是刚才在慌乱之下被刀刺伤了。

想到自己的处境，她没敢声张，由于今天穿的深色衣服，即便被血浸透了也看不出什么异常，她转头向外走，刚出大门口就见周清和和杨炀步履匆忙往片场走。两人从她身边经过，沈兮下意识地把脸转向一边。

持刀行凶的人是陶星遥的铁粉，据说他因为受不了陶星遥和周清和"在一起"而起了杀心，他觉得陶星遥只能属于他。

因为陶星遥的人气，这事闹得很大，警方已经介入，犯了错的人最终会受到惩罚。

沈兮一边由医生包扎伤口一边刷着微博。

医生说：“伤口有点深，这段时间就忍耐一下，先不要洗澡了，不然伤口碰水容易感染，也不要剧烈运动，最好是静养，不然到时候伤口发炎感染就麻烦了。”

沈兮漫不经心地应了一句，继续看着微博。这次她因为见义勇为而上了新闻，只是当时她离开得太匆忙，大家只来得及拍到一张她模糊的背影，自然也就不知道她是谁。

回到酒店，周清和和杨炀还没回来，听说陶星遥被撞成了脑震荡，人还不清醒，或许周清和这会儿正在她的床边守着。

沈兮伤口疼得厉害，她辗转反侧到半夜还没有困意，为了分散伤口的注意力，只好靠在床头刷微博，想借着各路消息来麻痹自己。

陶星遥片场闯入歹徒的事在全网闹得沸沸扬扬，大家各抒己见，有人说人幸好没事，有人说希望人有事，由此可见，陶星遥的确是热搜体质。当然，在一水儿的骂战中，还夹杂着一些顽强的理智党，理智党们关注的点不在陶星遥，而在“周清和当时也在片场”上。

【周清和这个男人到底怎么回事？脚踩两只船？】

【据说是去探班了？那他之前说的在追沈兮又是怎么回事？坐等解答。】

沈兮一张张点开照片，发现周清和的脸又糊成了一片，但是这并不影响他被大家认出来。照片里他抱着陶星遥大步流星地往外走，沈兮无聊地把照片放大又缩小，她实在想看看当时他脸上的表情，是担心或者是难过？可是照片像素实在烦人，她只好去找别的照片，但是一口气翻下来，就如同之前那样，他的脸没一张可以看清的。

找到后半夜的时候，她放弃了，把手机放在一边，尝试入睡。

一直安静的手机忽然“叮”地响了一声，沈兮一把抓起手机。

发信人是周清和，他告诉沈兮说自己这几天可能会忙，如果她想回家，他会安排人把她送回去。

沈兮知道他在忙什么，倒是难为他在这个时候还能想起她来，她自然不能给他添麻烦，简单回复几句便把手机调成了静音。

一直住在酒店也不是办法，沈兮还是回到了老房子。想着之前周清和说过的话，她动了把老房子翻修的念头。

到家就开始联系装修公司，她计划先把院子围栏和院门换了，然后再在正屋放榻榻米，又在网上看了些家具，准备把房子改装成海岛风的民宿。

一天忙下来，她觉得伤口疼得更厉害了，无奈之下买了些止痛药，妄想以此缓解疼痛。她下个月就要去上班，必须在离开云莱镇之前把各项计划落实好。

晚上，她上床休息。今天因为要联系装修公司，她在外面跑了一天，又只能吃些清淡的，导致能量无法支撑她今天的运动量，所以几乎是刚一沾枕头就沉沉睡了过去。

模糊中听到有人在敲门，沈兮起初以为是在做梦，直到那敲门声越来越响，她才从梦中惊醒。此时已经是天光大亮，她爬起来去开门。

见门外站着一个穿着运动装的男人，板寸，鼻梁上架着副眼镜，年纪五十上下，头发有些花白，看起来虽然是一副不显山不露水的样子，但是这人气质中藏着的那股威严是朴实无华的运动装无法遮盖的。

乍一看见沈兮，男人愣住了。沈兮见他面色苍白，整个人微微发抖，以为他可能患有帕金森或者脑血栓后遗症，便探头向外左右看了下，四下无人，只有一辆车停在不远处。她问："您找哪位？没有人陪着您吗？"

"兮兮？你是兮兮吗？"男人的声音也有些颤抖。

当听到这个声音的时候，沈兮突然觉得有些脱力。一个人无论样貌如何变化，他的声音和语气是不会变的，曾几何时，沈江就是这样唤她的，不过那是很早之前了，久到她以为一切都是幻觉。

沈兮二话不说，利落地甩上了门。

这么多年，沈江音信全无，有时半夜睡不着想到往事时，她还担心过他是不是现在过着衣不蔽体食不果腹的日子，她甚至想，如果沈江果真如此，只要他来找自己，她一定给他养老，但是今天一见，明显是她想多了，沈江锦衣玉食，一副成功人士的模样，再想到方洁，这夫妻俩的生活真是一个天上一个地下。

父女俩一个门里一个门外，倔得如出一辙。正僵持着，装修公司的员工过来看房子，沈兮不得已开门，沈江便跟着进来了。

跟工作人员打听好了情况，沈江皱着眉说：“我不同意。”

多年的杳无音信后又突然出现本就让她觉得不满，这会儿再见他强硬的态度，沈兮更是气不打一处来。

“你凭什么不同意？”

在沈江眼里，亲情可能只存在于刚才沈兮给他开门的那一秒，此时此刻，他眼中满是算计：“老房子没有再翻修的必要，这里马上要被征用，直接卖了就好。”

沈兮冷笑，现在的沈江横看竖看也不是缺钱的模样，如此短浅的目光竟然能让他发迹，这真是令人费解。

“而且，这房子是在我名下，兮兮，你没有资格决定房子的用途。”

装修公司的人站在一边面面相觑，院里的尴尬已经飘到了院外。

“要不，你们再商量商量？”

沈兮气得浑身直抖。沈江跟方洁一样，只要涉及自己的利益，就像变了一个人一样，怪不得这两个人当初在一起了。

“这房子我说了算，我说卖就必须卖。”沈江见沈兮不说话，又说，“不过作为对你的补偿，我可以在镇里给你买一套楼房。”

沈兮只觉得想笑，这就是她的爸爸。不过他的钱不要白不要，这么多年他从未尽过当父亲的义务，她凭什么便宜了他！

“我不要楼房，你给我折现，现在就转到我卡里。”她计算了算镇里的房价，“一百万，不然我就把老房子铲平了，谁也别想好过。”

沈江犹豫了一下，或许是怕她气极真的做出不理智的事，当场松了口，把钱转了过去。

从老房子出来，沈兮觉得伤口更疼了。她踉跄着走到路边，准备打车去镇医院。一辆车从她身后开过来，带起一路的沙尘，然后停在她身边。不待她去看，张云旗自己下了车。

“我送你去医院。”张云旗不由分说把她塞进了车里，“你讨厌我也好，不想看见我也罢，身体是你自己的，你不能不要。”

沈兮疼得近乎晕厥，哪儿还有精力去拒绝张云旗？

下了车，她没力气走路，张云旗见状，正要把人打横抱起来，她白着脸推着他的肩膀：“我不需要。”

之前她极度渴望他的陪伴时张云旗不在，这会儿她根本不需要他的怀抱。张云旗拗不过她，气得额角青筋暴突，他隐忍地扶着她的肩膀：“我扶你进去，总可以了吧？”

说是扶倒不如说是拎，张云旗一路小跑把她拎到医生面前，伤口不疼了，胳膊倒是好像骨折了。

镇医院规模不大，全员的医护人员加上院长也就那么几十个人，所以今天给沈兮看病的还是之前替她处理伤口的医生。

“哎？我不是让你小心伤口吗？”医院揭开纱布一看伤口有感染的趋势，脸色变得难看起来。他想了想，又去看张云旗，“你不知道她受伤房事要克制？”

张云旗原本正要去扶身子软下去的沈兮，听到医生的话之后，他吓得连忙收回手，支支吾吾道：“我……我没有。”

医生已经认定就是张云旗控制不住自己导致沈兮的伤口感染，他全程没有给过两个人好脸色，把人送出门的时候还跟在后面叮嘱：“房事要克制！要克制！记住了吗！”

看得出来医生有些激动，他恨不能拿着扩音器喊，大嗓门自然引起了大家的关注。

沈兮只觉得脑袋发沉，她不由自主地靠向面红耳赤的张云旗，这么看过去，两个人好像正相拥着往外走。

周清和取完药出来时看到的就是这个画面，医生的那句还荡着回声的“房事要克制”还在响在耳边，在一瞬间，手里的药盒被周清和捏得起了纹路。

张云旗和周清和四目相对，两个人都没出声。

沈兮费力地抬头看，与周清和的视线一对上，她又低下头去，她受伤的事，不想让任何人知道，尤其是周清和。

“沈兮。”周清和盯着她的头顶，他深深吸了一口气才克制住想捏碎张云旗的冲动，问，“你怎么了？生病了吗？”

“没有。”沈兮想站直身子却做不到，她拉了下张云旗的衣服，示意他不要再逗留。

这一举动落在周清和的眼中，先前被他压制住的怒火成倍地喷涌了出来，从以前刚谈恋爱那会儿就是，她总是懂得怎么让他窝火。

“不耽误你们的时间了。”

周清和气得太阳穴疼，说完他转身就走。

在周清和面前无时无刻不在吃瘪的张云旗今天成功扳回一局，不得不说，他通体顺畅。见周清和手里拿着药，他没忍住，挑衅地问：“你生病了吗？”

周清和原本不想理他，但一想到沈兮靠在他怀里的画面，他没忍住，冷冷道：“陶星遥的药。”

能看出周清和对沈兮的重要性，担心他再说出什么话来刺激沈兮，张云旗噤了声。

从医院出来，张云旗气得喷火，原本以为他这次赢了，没想到不论谁是主导地位，到最后还是他不讨好。

在沈兮的那张模糊的背影照被曝光之后，张云旗就放下手里的所有工作赶来了云莱镇，他担心沈兮，但是怕自己贸然出现会引起她的逆反心理，这几天只能躲在暗处观察着她，见她又乖乖去医院上药，他这才逐渐放下心来。这段时间依云的电话一个接一个，连他父亲也亲自打电话过问他莫名其妙罢工的事，张云旗烦不胜烦，见她没事正想买今天的机票赶回去，却不承想突然遇到了沈江过来抢房子的事。

把人安顿在自己下榻的酒店，向来衣来伸手饭来张口的张云旗尝试着去照顾人。

因为伤口发炎的缘故，她有些发烧，张云旗在她头上敷了条冷水打湿的毛巾，然后也不知道接下来该做什么，他傻坐在床边，等她退烧。

大约傍晚的时候，昏睡了半天的沈兮眼皮动了动，逐渐转醒，一偏头，正对上张云旗关切的眼，她的脑海中有短暂的空白，一分钟之后，有关今天的记忆才一点一点填补了她的茫然。

“你怎么来这儿了？”好歹今天一直是张云旗为她跑东跑西，沈兮想尽量使自己看起来友善一些，但是话一出口，还是忍不住带着冷漠。

“你受伤了，我担心你。”张云旗实话实说。

沈兮见他神色不像是说谎，原本应该平静的心又被他的话激起一丝波澜：“你怎么知道是我受伤了？”

“我看到了你的照片。”张云旗搔了搔头，手链上的小云朵随着他的动作轻轻晃了几下，“你的背影我认得。”

在沈兮毫不知情的岁月里，她的背影张云旗看了太多次，大多时候她的背影是孤零零的，他一直默默陪着她。再后来，有一段时间，周清和出现了，她看起来很快乐，连背影都透着幸福。那时张云旗开着车在他们身后跟着，跟着跟着鼻尖就有些发酸，这些原本是他的，她身边的位置也是他的，只是所有的事情都被他亲手搞砸了，他没办法去嫉妒周清和，那段时间他活得很挣扎，想让她重新变得孤单，又想让她不要再继续孤单下去了。

沈兮看着张云旗越来越低的头，突然就觉得之前自己的计较真的没有意义，或许他也不想事情变成这样，可能是他们之间确实没有那个缘分。

窗外的微风很柔和，阳光似乎比往日都要暖上一些，沈兮咬着嘴唇，良久，舒了口气，轻轻道："你可能不知道，曾经有一天，我很渴望你能像现在这样陪着我。"

张云旗的手狠狠攥成了拳，沈兮的奶奶去世那天，他在，他得到了消息之后连夜偷偷跑到了云莱镇，他看见她整夜坐在院子里看星星，像是哭了，却又好像笑了，只是那会儿他不敢出现在她面前，就像之后的许多个日夜一样，他只敢默默在角落陪着她，他没有勇气跟家里抗衡，现在也是。

"所以不要再为我做任何事了，我现在已经不需要你了。"沈兮说完，鼻尖也有些发酸。

张云旗的头埋进了被子里，他的肩膀微微耸动着，半天没有说话。

沈兮的手攥住又放开，如此反复了好几次，才终于轻轻碰了下他的肩膀："我不再恨你了，你也好好过吧，我是说真的，我真心祝福你过得好。"

这毕竟是她爱过的人，在过去那些让她觉得很煎熬的日子里，她一直靠恨张云旗，恨整个张家来支撑自己的生活，没想到在今天，突然就要与他正式做个告别。

“沈兮。”张云旗声音哽咽到说不出一句完整的话。

屋子里再度沉寂下来，张云旗坐直身体，将脸埋在掌心里，时间仿佛静止了一般。沈兮坐在一边，也没催促他开口，两人就这么坐了许久。

最后，张云旗缓缓从手腕上摘下那条陪伴了他整个青春的手链，克制地拉过她的手，缓慢而又郑重地把它交还给她。

“对不起。”张云旗直直地盯着那条手链，“我爱你。”

“我走了。”沈兮收起手链，“别送了。”

因为伤口的原因，沈兮走得极慢。张云旗不舍得看她离开，便默默地在不远处跟着，权当是送别老友。

两人一前一后出了酒店，沈兮在前面走，张云旗在门口看，原本是很正常的一幅画面，却不承想又被人偷拍了。

这个画面被解读成“沈兮和张云旗一同进入酒店，傍晚，沈兮独自离开并且行动看起来不太方便”。

什么叫“开局一张图，内容全靠编”沈兮算是深刻体会到了，果然是出来混迟早都要还的，毕竟之前她就是这么朝张云旗家的艺人身上泼脏水的。

沈兮和张云旗的事闹遍了全网，他们两个人原本就有CP粉，经过此事一发酵，网上对于她们两个在一起的呼声更是高了不少。

周清和冷着脸看着微博，惹得小杜一直不敢靠前。

这段时间陶星遥的状态很不好，因为之前的脑震荡，使她现在看起来有些疯疯癫癫的，虽然周清和至今不知道这二者有什么关联。

再说沈兮，当日从医院拿完药之后，周清和就直接带陶星遥回了依云，从那以后，他跟自己就再也没有联系过。

周清和的心里直冒火，他一把拿过手机，想给她打电话，号码都已经调了出来，他又把手机扔回了桌上。

晚上六点一过，周家老宅打来了电话。

周清和刚一接起就听见母亲温华的声音从另一边传过来：“晚上回来吃饭，你陶叔叔过来了。”

陶家铭最近往周家跑得很频繁，据说是因为周清和的三叔与他有生意往来。对于陶家铭，周清和还是尊敬的，虽然陶星遥现在让他很头疼。

到家时，陶家铭和陶星遥正在沙发上坐着跟周清和的父亲周正聊天。见周清和回来，陶家铭起身迎了过去。

陶星遥还是一副有些蒙的样子，看见周清和之后，想打招呼，顿了顿又忍了回去，与之前的一见周清和便凑上前去打招呼的样子大相径庭。

陶家铭回头看着自己女儿，语气有些责备：“见到人怎么不过来打招呼？”说完又去看周清和，“今天知道我要来吃饭，她非要跟着，来了又不说话。”

现在陶星遥的智商看起来也就八九岁，记忆力似乎也出现了偏差，这些倒不是装的。之前回依云市，周清和与杨炀第一时间就带着她去做了检查，医生是自己人，不会说谎。

回来的路上，杨炀有板有眼地分析：“可能是当时被撞的那一下刚好撞到了紧要处，陶星遥就变成这样了。”说完回头去看安安静静坐在角落里的陶星遥，有些不忍心地叹了口气。

好在医生说这些情况都是暂时的，过段时间就会恢复。

看着陶星遥唯唯诺诺地坐在沙发里，想来打招呼却又有些腼腆，周清和难得地放松了面部线条，原本想说句话，张口又不知道说什么，便朝她笑了一下。这一笑，像是打开了她的某个开关，她的眼神明显带了跃跃欲试。

“还没开饭，你带着遥遥去外面转转。”看到陶家铭一直盯着周清和看，周父会意，直接把两个人支开。

周家的老宅自带了一个花园，来时陶星遥便被那些花花草草吸引，一听说可以出去玩，她没管周清和，直接跑了出去。

周清和怕她再出什么事，只好跟在她身后。

为了遮阳，陶星遥蹲在花园的一角铲着土，周清和坐在吊椅上继续看刚才没有看完的消息。一想到沈兮这几天一直跟张云旗在一起，即便是两人什么都没做，他的心也堵得厉害，更何况他不知道有什么正当理由可以解释两个人在酒店待了一天，出来时她行动不便这一说。

他气得想摔手机，却又觉得摔也要去摔沈兮的——拿着手机又不跟他联系，那手机留着也没什么用。

正出神的时候，听到“扑通”一声响，他一回头，正看见陶星遥一头扎进了自家的水池里。

他硬生生被吓出一身冷汗。

不幸中的万幸，水池检修，水很浅，只是水池高，她跌下去的时候撞到了尖头的金属水管，左臂顿时血流如注。

被捞出来后，陶星遥似乎知道自己闯了祸，像只落汤鸡一样站在周清和身边，不敢抬头看他。

屋里的人听到外面的响动，全都跑了出来。

看见陶星遥的狼狈模样之后，周父气得打了周清和一下：“还不赶紧带遥遥去医院。”

陶星遥受伤之后便跟剧组请了假，因为医生说过段时间情况会转好，所以谁都没有泄露陶星遥的近况，对外只称她在家静养。也是因为如此，今天带她来看病，周清和必须要格外注意，不能让人察觉到她的异常。

尽管已经很小心，但狗仔是无孔不入的，周家的老宅他们进不去，便天天蹲在外面守，一发现有车从周家开出来，他们便开始按快门，见开车的人是周清和，这些人更是一路跟去了医院。

地下停车场里，周清和叮嘱陶星遥："我带你去看医生，但是你不能说话，跟着我就可以了，明白了吗？"

陶星遥似懂非懂地点头。

周清和又说："一会儿我叫你你再下车。"

他交代完毕后率先下了车。

停车场的另一边，几个狗仔正鬼鬼祟祟探头向这边看，见周清和面无表情地向自己走来，那清脆的脚步声让他们不自觉脑补了恐怖电影里的背景音效，吓得收回了单反相机，僵坐在车里盯着风挡玻璃，想借此减少自己的存在感。

周清和从小娇生惯养长大，成长环境非一般人可比拟，年纪轻轻又身处高位，自身带着的那股威严自然是不容人忽视的。这会儿他走到车边，轻轻叩了叩车窗，见车里的两个人已经吓得面如土色，倒是没有为难他们，一人递了一支烟，笑道："哥几个一路跟过来辛苦了，该拍的也拍完了，趁外面天还亮赶紧走吧，晚了再遇上个什么事，多得不偿失？"

"是……是。"坐在驾驶位那人听出来周清和话里的警告之意，收了烟一脚油门便离开了。

周清和护着陶星遥走在内侧，快速穿过一楼大厅直奔电梯而去。陶星遥被包裹得像一只粽子，帽檐几乎压到下巴上，来时走了一路，实在太热，她抬手擦汗的时候不当心把帽子掀掉。尽管周清和已经以最快的速度重新替她戴上帽子，但电梯里还是有人认出她来。因为是第一次近距离接触明星，大家内心的喜悦实在抑制不住，众人纷纷围上前要与她合照。

陶星遥眼中的恐惧逐渐放大，她不安地往周清和怀里靠。

大家这才发现男人居然是周清和，气氛在一瞬间到达了一个燃点，大家的欢呼声高亢得好像得知自己买彩票刚中了三个亿，他们一边感叹着“你们两个人的感情真好”一边把这个画面拍了下来。

周清和脸色铁青，没等电梯到达他要去的楼层就拉着陶星遥先行下了电梯。

前有沈兮和张云旗在酒店共处了一天，后又周清和百般呵护陶星遥去看病，广大吃瓜网友表示对于剧情的走向逐渐看不懂了。

四个人的事在网上闹得沸沸扬扬，当事人的生活却丝毫没有受影响。尤其是沈兮，她依然过着家和医院两点一线的生活。因为依云的天气始终炎热的缘故，她做不到一整天不洗澡，如此一来，她的伤口不但没有愈合，反倒感染得严重了，无奈之下，她只能回到云莱镇，并跟公司请长假在家办公。

沈兮在村子附近租了个民宿房，房子依山傍水，沈兮觉得日子过得很惬意，她甚至想联系鲸闻申请一直在家办公，当然，她知道这不现实。

这天，完成了手里艺人出道用的宣传文案后，她外出闲逛，云莱镇的气温常年24℃，她丝毫不担心在外面走一圈会使她大汗淋漓。

明天就是她奶奶的忌日，逛到菜市场，她买了不少奶奶生前爱吃的东西，准备明天上山好好陪她老人家聊聊天。

从市场出来后，刚才还万里无云的天在这一会儿工夫就变得乌云密布，云莱镇地势高，如此便显得乌云好像压在头顶般沉甸甸的，她租的房子在较偏的小古镇，这里的出租车很少，仅有的一路公交车要四十五分钟发一趟。沈兮看着公交车的尾灯，觉得人倒霉起来真是连鬼都害怕。

这个季节的雨但凡下起来就要半天，她不想在菜市场浪费时间，趁着雨势还小，快步朝民宿赶，但腿到用时方恨短，即便她已经很努力，却仍在最后的一段路上被雨浇了个透。

为防止伤口像以前那样感染，她一进屋便换了药，一个人生活连生病都不敢，万一倒下了，身后没有任何人可以接住她。

正忙的时候，许文臣打了个电话过来。虽然前几天他买了一堆东西过来看她，但得知她受伤的事之后，他还是有些放心不下。

“我看你们那儿现在下雨了，你别出屋啊。”许文臣应该是正在看合同，翻动纸张的声音清晰地传进沈兮的耳中。

她觉得心里暖和了不少，又与他闲聊了几句便开始准备明天上山要带给奶奶的东西。

家里实在冷清，沈兮打开电视调到娱乐频道，一边听声音一边干活儿，虽然她现在不在公司，但是娱乐风向她还是要时时掌握。

电视里，被偷拍的明星一轮接着一轮，这些镜头的像素普遍不高，但是已经快一个月了，各个平台都没有再出现陶星遥的影子，曾经的一切仿佛是她的错觉一般。这让她觉得很奇怪，难道陶星遥的脑震荡还没有好？还是陶星遥已经退圈了自己错过了消息？

她正想着，就听见周清和的名字从电视里传了出来。

镜头里周清和揽着陶星遥的肩膀，两人刚从医院出来，或许是之前吃过他的亏，这次偷拍者的距离离他很远，如果不是像素够好，可能周清和只能以一团马赛克的形式出现在大家眼前。

主持人眉飞色舞道："这是本月周清和和陶星遥第三次出现在医院，所以这两人是不是好事将近了呢？"

或许吧，看他那副极力维护的样子也知道两人大概率重修旧好了。

"听说沈兮近期也入职了鲸闻娱乐，有记者前段时间去鲸闻表示并没有见到沈兮本人耶。"

两位主持人在聊着天，沈兮闻言嗤之以鼻，这些人可不可以不要每次提到周清和就把她一起拉出来遛一圈，她并不需要曝光率，她只想好好工作认真生活。

想到已经近一个月没有与她联系过的周清和，她更觉得嘲讽，之前闲着没事时她还在猜想他最近在忙什么，毕竟那是一个连朋友圈都不会发的人，直到今天看了电视，她才知道真相，没发朋友圈的日子里他在忙着跟陶星遥共建和谐社会。

沈兮睡觉时心里还有些赌气，因为心情不佳，所以连梦的内容都是负面的。凌晨五点悠悠转醒，洗漱之后，她便直接上了山。

这是今年以来她第一次给奶奶扫墓，很显然，奶奶的墓被人精心整修了，连石碑都换了一座。想到之前沈江过来要房子，沈兮觉得这事应该就是他做的。奶奶生前他连家都不回一趟，直到奶奶去世他都没有露一面，所以他现在做这些表面文章有什么用？她气得想拆掉石碑重新安一座，但一看到石碑上笑得慈祥的奶奶，她心里的气便消散了。

“奶奶，我看见张云旗了。”沈兮擦着墓碑上的灰，“我跟他说了再见，是真的再见。

“我今年的工作不太顺心，之前因为一个姑娘，我被开除了，那个姑娘找了赵宪超来陷害我，不过这事现在已经过去了，在我遇到困难的时候，是周清和一直在帮我。

“我还没跟您说过周清和吧？我跟他大学的时候曾经谈过恋爱，只是他家太有钱了，我怕重蹈覆辙就先提了分手，今年我俩又遇见了，他说还喜欢我，可是转头又跟陷害我的那个姑娘在一起了。”

沈兮一直在絮叨着最近发生的事，说到最后鼻尖发酸，没忍住，哭了出来。

有人在她肩膀轻轻拍了一下，沈兮哭得正要拔个高音，被这么一吓，带出了一连串的咳嗽，那人忙递过来一瓶水，她抬头，正看见张云旗面色尴尬地看着她。

“我刚才就来了，怕影响你发挥我就没敢出声，你继续。”

沈兮抽噎着问：“你怎么在这儿？你来这儿干什么？”

其实每年张云旗都有来替沈兮给奶奶扫墓，只是她一直不知道而已。

“我来祭奠奶奶。”张云旗把手里的两袋吃的一左一右放在石碑两侧，末了又在地上敬了几支烟，奶奶爱抽烟，他每次都不忘给她点烟。

“你哭完了吗？哭完了我先带你下山？马上要下雨了，你那伤口……”或许是想到了之前医生那副大嗓门，张云旗的心里还有些阴影。

奶奶的墓在山腰，因为昨天下过雨的缘故，地面泥泞不堪，刚才来时路不好走，下山更要费好一会儿工夫，沈兮除了刚才那个高音没拔出来以外，憋在心里很长的时间的话也都倾诉得差不多了，想想张云旗的顾虑也不是没有道理，也就擦了擦眼泪，跟奶奶告别。

第七章 -

恋爱请加糖

山还是半开发的状态，没有台阶，所以下山的路异常难走，张云旗担心沈兮，便让她跟在自己的身后，这样即便是遇到了什么危险，她滚下去的时候他还可以形成一道天然的阻碍。

沈兮怕扯到伤口，也怕真的滚下山牵连到张云旗，始终提着口气，一步一步走得很稳。

转眼山脚已经近在眼前，她感受到了胜利的喜悦，不由得停下歇了口气。张云旗听身后没有了声音，回头看了一眼，或许是连续几天没睡好的原因，再站直身子的时候，他眼前阵阵发晕，眼见着他脚下一打滑，整个人就要往山下滚，沈兮下意识拉住他的衣服。

两人摔成一团朝山下滚去，尽管张云旗已经尽力把沈兮护在怀里，但等他撞到山脚的石头停下后，她的衣服上还是渗出了血迹。

顾不得头上被撞起的包，张云旗拉起她便往医院赶。

吊完水已经是下午，张云旗开车把人送回住的地方，医生叮嘱沈兮除非是去医院吊水，否则其余时间必须在床上静养，一周之后看伤口恢复情况，如果结痂了，就可以恢复正常生活，反之，就要住院治疗。

怕沈兮再出什么差池，张云旗偷偷在她的对门住下了，每天自觉地充当起她的司机。小镇交通不便利，沈兮也没有拒绝他的好意，养好身体是关键。

这天，沈兮刚上车，凑巧许文臣打来了电话。

许文臣不知道张云旗跟她在一起，向她大倒苦水："我们小张总真是活得太潇洒了，他拍拍屁股去谈生意，这都多久了还没回来，张家都乱成一锅粥了，他二大爷家的三哥被强塞进秦汉，一来就要把部门人员大换血，现在秦汉全乱套了。"

张云旗在一边听着，面色沉下去不少。他二大爷张益泉一直跟他父亲不对盘，哥俩的明争暗斗这几年越演越烈，到最后从父辈慢慢延伸到他们这辈，目测往后的几代人也会继续面对窝里斗的局面。

许文臣吐槽完之后，继续工作。

沈兮被他诉苦诉得一头雾水，她甚至以为许文臣是秦汉的董事会成员。

"你什么时候回依云？现在这样没问题吗？"沈兮见张云旗的脸色不好，也知道张家的事或许有些棘手。

依云市。

这段时间张家的内斗几乎已经闹到了明面上，财经新闻上不时有关于张家旗下公司易主的消息。虽然知道不厚道，但是张家有难，他周清和看在张云旗的面子上必须第一个点赞张云旗这一方。

周清和心情很好地把报纸放到了一边，拿起手机习惯性点开沈兮微信的朋友圈。这个没良心的女人已经很久没有更新朋友圈了，也不知道最近在忙什么。他想给她打电话，又找不到合适的理由，因为这里，两人已经断联很久，就好像对方从来没有出现在彼此的世界那样。

“周总，晚上有饭局您别忘了。”小杜给周清和倒了杯热水，尽职尽责地提醒周清和。

自从张云旗的三哥张云霄入驻了秦汉，便一直琢磨改址的事，凑巧周清和手上有一块地皮符合他的预期，最近他与周清和的联系便频繁了起来。

晚上周清和赴约，进门时发现张云霄是带着许文臣一块来的，看这架势，或许是想当场拍板签合同。

看见周清和，许文臣有些拘谨，除去开头打了个招呼之外，他全程没敢看周清和。饭局散了之后，他去了趟洗手间，躲在隔间里给沈兮打电话。

“你知道我今天晚上遇见谁了吗？我遇见周清和了。”他的声音有着抑制不住的兴奋，“什么就跟你没关系，这不也是老熟人了吗？他？他最近是总跟陶星遥在一起啊，不知道复合没有，你什么时候回来啊？你那伤口没事吧？”

许文臣话痨一般说了一堆，那边沈兮正在忙，敷衍了他几句就挂了电话，让他的心情十分不美丽。他没好气地推门出去，被靠在洗手台边抱肩站着的周清和吓得几乎尖叫出声。

“周……周总。”他一边打招呼一边飞快想着自己刚才都说了哪些有关周清和的话，又想哪些话被他听到之后自己会死得有多惨。

他正忐忑着，就听周清和问：“你刚才说沈兮受伤了？怎么回事？”

许文臣抿紧了嘴，之前沈兮特意交代过他她受伤的事不要跟任何人说。

“嗯？”周清和突然笑了一下，“不说？”

周清和身上的气场实在是太强，许文臣顶不住压力，哆哆嗦嗦把沈兮受伤的事全交代了，整个过程可以说是事无巨细，并且在细节上添油加醋。

“她现在住哪儿？”

许文臣想着自己反正也已经叛变了，便从善如流地说了沈兮的住址。后面他还想继续就沈兮受伤的问题说点什么，只是还没等他说完，周清和已经匆匆离开，只剩他一头雾水站在原地，有些怀疑人生。

周清和直接驱车去往云莱镇，却不想因为连日的恶劣天气使得小镇的道路崩塌，这会儿路还没修好，他被堵在了入境口，不想半路折返，他直接把车停在附近的旅馆，准备步行穿过施工道路，再联系人在另一边接他。

顺利到达云莱镇境内已经是半夜十二点，到了沈兮家之后，看见灯还亮着，他也就没有给沈兮打电话。

平心而论，他有些紧张，两人已经太久没联系，他突然出现在她面前，总觉得有些尴尬。

不等敲门，沈兮已经把门打开，乍一看见门外站着个人，她下意识出拳朝他的脸上挥去。

拳头被周清和稳稳挡下，沈兮定眼一看，这才松了口气。

“你怎么过来了？”沈兮见他湿得像只落水狗，倒是没顾上尴尬，只是她一直挡在门口，没有要请人进去的意思。

“你受伤了怎么不告诉我？”周清和皱眉。刺伤沈兮的那把刀他当时见到了，一想到那刀曾扎入她的身体，他就感到无尽的后怕，他甚至后悔这么久没有联系她，如果她在失联的这段时间发生了什么不好的事，是不是他这辈子就见不到她了？

“没什么大事。”沈兮面色不自然，正要再说话，突然被周清和拉到了怀里。

周清和身上湿漉漉的，皮肤凉得像冰块，两只手好像铁钳一般箍着她的肩膀，用力到整个身子微微发颤：“对不起，我什么都不知道。”

沈兮被这么一抱，有点发蒙。即便是当初两人谈恋爱那会儿，他们也从来没有过太亲密的举动，顶多只是拉拉小手，但是不得不承认，周清和的怀抱让她有归属感，不知道他当初跟陶星遥拥抱的时候陶星遥是不是也是这样的感觉。

一想到陶星遥，沈兮突然清醒，她一把推开周清和："你过来陶星遥知道吗？你俩闹别扭了？"所以他千里迢迢跑到她这儿来寻安慰？她觉得自己刚才可能是被鬼附身了才会觉得别人男朋友的怀抱有安全感。

周清和正要开口解释，忽然听到屋里传来一阵男人的咳嗽声。他沉默了下来，垂眼看着沈兮，眼中突然带了些嘲讽，像是在等她的解释，又像是在等屋里的人出来。

不明所以的张云旗像是听到了周清和的心声，适时从屋里走了出来。他是来借卫生间洗漱的，他那屋的水管坏了，老板说明天安排人来修理。他整理好衣服，正要跟沈兮道谢，所有的话在看到周清和之后，全都噎在了嗓子眼儿。

周清和一直看着沈兮，盯得她几乎快把头埋到脚面上，最后还是张云旗先开了口："我是来借……"

"这就是你一直在这儿的理由。"周清和戏谑道，"是我不知深浅，冒昧过来打扰你们二位，真是对不住。"

当时看见张云旗和沈兮从医院出来，周清和就一直气不顺，后来他想通了，毕竟张云旗爱沈兮，如果张云旗硬要贴上去，她也管不了，前脚他刚释怀，后脚又出了他们两个在酒店待一天的事，当时他的肺都要气炸了，花了好长时间才把自己从死胡同里拉出来。沈兮的性格他了解，她很抗拒张云旗，当时应该是在不得已的情况下，两人才共处一室的，至于为什么她行动不便，那一定是有她行动不便的原因，他一直相信她和张云旗没事，直到现在。在他依然坚信她的现在，张云旗自然得好像这个家的男主人一样从屋里走出来，他突然失语。

“对不起。”周清和除了这三个字已经不知道还能说什么。

谁都可以，但沈兮偏偏就受不了他的冷嘲热讽。她冷冷看着周清和：“张云旗是来借卫生间的，你有什么问题吗？”

一想到他在依云不舍昼夜地陪伴着陶星遥，沈兮就想说些更难听的。

“这都是误会。”张云旗见形势不对，几乎是贴着墙边出了沈兮的家，然后又极快地打开对面的防盗门，再小心翼翼地关上。

周清和被张云旗气得眼前直冒金星，两人现在住对门跟生活在同一个屋檐下有区别吗?

“你也不过如此。”周清和眼中的失望显而易见，“吃着碗里的看着锅里的，在戏弄人这方面你果然更胜一筹。”

周清和连夜回了依云，沈兮一气之下把他的所有联系方式都拉入黑名单。张云旗一直在门内观察着门外的情况，他那会儿其实想问问周清和是怎么进到云莱镇境内的，但当时看那气氛，非要说一句话恐怕也只能说“新年快乐”了，其他任何的话题都太沉重。

沈兮又在云莱镇待了一周，在确保伤口结痂不会再出问题后才回了依云。

正逢周一，她需要赶往鲸闻入职，所以破天荒打扮了一番。

现在她在众人心中的定位便是网红，是一位有颜值有才华，还有能跟有钱人谈恋爱的超级网红，她的流量并不比鲸闻本部的一些明星差，所以对于她的入职，鲸闻很有仪式感地操办了一场欢迎会，甚至还邀请了公司的艺人一姐参加。除了欢迎会，晚上下班时，公司的高层还拨款给公关部，让经理晚上请部门的员工出去吃饭彼此熟悉一下。

沈兮觉得阵仗太大，她阴谋论地觉得这似乎不是什么好事，她的右眼皮跳个不停。果不其然，在入职的第三天，她就被经理带着去了公司的顶楼。一般来说，顶楼都是总经理和董事长的办公室。

“今天是王总找你。”经理长着一双狐狸眼，笑起来时给人的感觉有些奸诈。

知道从他的口中问不出什么子午卯酉，沈兮也放弃了从他口中套话的想法，反正一会儿总经理会告诉她的。

王总全名王权，年纪四十岁上下，沈兮进屋时他正站在窗边看着隔道翻涌奔腾的江水。

沈兮礼貌地叫了声王总，王权笑眯眯地与她客套了几句，无非是刚来到鲸闻适不适应，对于薪金待遇福利满不满意等，在都得到肯定的答案后，他才将话题引到正事上。

“这不是公事，是我以私人的立场拜托你，你可以拒绝。”他说，“你也知道周家的珠宝公司马上要筹备开业，我想请你为公司的艺人争取到一个代言的机会。”

什么叫笑面虎，王权简直将这词演绎得活灵活现，他现在以退为进，直接把沈兮逼得无路可退。

“周氏旗下的子公司个儿顶个儿名号响亮，珠宝又是周氏近期格外重视的一条线，如果能拿下代言对我们公司的发展来说是个突破，我们会因为这个代言直接跻身一流娱乐公司之列。”王权见沈兮一直没说话，笑意未变，“当然，众所周知周氏的代言很难拿，所以我想到你与周清和认识，这才想到拜托你去试试看，如果你觉得为难，就当我没说过。”

沈兮立志要在鲸闻混出一番成就来，虽然刚入职就遇到这么棘手的事让她始料未及，但是她也知道拒绝意味着什么，没办法，只好硬着头皮答应下了差事。不就是脸皮吗？那都不重要，牺牲她一个，幸福千万家。

王权看起来很满意，他亲自把她送到门外，笑眯眯道：“柯岩马上要调部门，公关部往后可能就需要靠你来带领了。”

从王权的办公室出来，沈兮做的第一件事就是把周清和从黑名单拉出来。看着他那张黑色背景金边勾勒的抽象狼头头像，她磨蹭了好一会儿才把与他的对话框点开。

【在吗？】

不行不行，这个不好。

沈兮把这两个字删掉，按照周清和的脾气，他一定不会回自己的微信。

她想了想，又打出了“今天忙吗？我有事跟你说”，打完了觉得这个也不好，又连忙删掉。就这么反复了一上午，她决定直接给他打个电话过去。

调出周清和的号码，她紧张得手脚冰凉，在等待对方接通的时间里，她的心几乎跳出了胸口。

一声声的信号音响在沈兮的心头，在她的意料之中，周清和没接电话。

现在时期特殊，沈兮怕一直打电话引起周清和的反感，没敢再打第二遍，她觉得如果周清和已经消气了，他过一会儿一定会回电话的，如果他不回，她晚上就再打一遍。

等了一天都没等到周清和的电话，沈兮确定他还在生气，一咬牙，鼓足勇气又给他打了一个。

大丈夫嘛，必须要能屈能伸。

电话的另一边，周清和正在酒店跟合作方吃饭，见屏幕上显示的是沈兮的号码，他想也不想地把手机扣到桌面上。

上午接到她电话那会儿，他的心跳加速了几秒，他觉得她可能是来道歉的，所以故意给她个下马威没接电话，原以为她会再打来第二遍，没想到她一整天都没了消息，连打个电话都如此半途而废，他根本不想理她。

手机响了一会儿就安静了下去，他拿过手机正要看一眼，就见下一秒，手机又急促地动了一下。

是沈兮给他发了微信，问他是不是在忙。

他不自觉地冷哼一声。

合作方见他一直板着脸玩手机，末了又哼了一声，以为之前谈好的合作要泡汤，心都凉到了脚后跟。合作方忙把方案又朝他推了推："周总，是我刚才哪里没说清楚吗？这个方案其实是更利于周氏的。"

周清和一早就看过了这个方案，他很满意，饭局只不过是来走个过场。最近周氏旗下的珠宝线一出，各家都想来合作，他也想借这饭局的几分钟给自己放个假。

"没问题。"

他话音一落，小杜忙递上笔，唰唰几下，又是几千万的盈利。

小杜收起文件时不经意看到了周清和的签名，字如其人，铁画银钩，异常嚣张，见一次让人惊艳一次。

又坐了会儿，周清和找借口离席。他人高腿长，走起路来虎虎生风，小杜一直在他身后跟着，只见他一路都在摆弄着手机，这倒是很反常。在以前，都是小杜求爷爷告奶奶请他看手机他才看一眼，最近他有点不对劲。

“周总，您是有什么事吗？我可以为您做什么？”

周清和烦躁地收起手机：“送我回家吧。”

一整夜，周清和都没睡上安稳觉，一向惜命的他破天荒把手机放到了枕头边上，并将音量调到了最大声，就怕沈兮给他打电话或者发微信他听不到。结果一夜又是白等，除了手机系统和广告的提示音外，她并没有找他。

他怄了一夜的气，第二天早上起床时眼底的青色极其明显，来接他上班的小杜见状惊得下巴险些掉在脚面上。

周清和揉着太阳穴，一路都没说话，对于小杜调节气氛的没话找话也是敷衍地应答。车内的气氛实在太诡异，正在小杜飞快地运转大脑想着笑话时，周清和的手机又响了起来。

几乎是在第一时间，他睁眼去看手机，在看到来电者之后，他安静了几秒，似乎是在确认这是不是自己的幻觉，最后又清了清嗓子，这才一脸冷淡地接起了电话：“说。”

小杜满头问号，这是什么意思？故作冷漠就是这么来的吗？但是他们周总在接电话之前不用故作也很冷漠啊，难不成是自己最近做错了什么让他不高兴了？

电话的另一头。

周清和突然传来的声音着实把沈兮吓了一跳，她当时正在喝咖啡，其实根本没抱希望他会接电话。经过昨夜一夜的挣扎，她下定决心如果今天他再不接电话，她就直接去他公司找人，结果被他那冷淡的一嗓子给吓得一杯热咖啡全灌进了嘴里，烫得她一个激灵，惊呼一声之后，夹在肩膀上的手机掉到了刚放满了水的洗手池。

周清和只听到一声惨叫，等他把电话回过去时，对方已经变成了无人接听的状态。

周清和心一紧，吩咐小杜："去城南。"

沈兮的家里没人，周清和直接去了鲸闻。

前台看到他之后，紧张得手脚都不知道往哪儿摆，羞涩又激动地颤抖着声音问："周总，请问您是找王总吗？王总他……"

"公关部在几楼？"

"什……什么？"前台起初没反应过来，见周清和的脸色在一瞬间变得阴沉，她忙补充道，"12B。"

看见周清和进了电梯，前台忙给总经理办打电话。

王权亲自去公关部接待周清和，鲸闻一时间人心惶惶。

沈兮的办公室正对着门口，周清和进来的时候她正往脸上涂着烫伤膏，起初还因为这人进来不敲门而感到生气，等她抬头一看，吓得连药都忘了涂。

"你为什么不接电话？"他瞪着她的眼睛似乎能冒出火。

沈兮咽了口唾沫："手……手机坏了，掉水里了。"

周清和没想到是这个原因，他愣了一下，头脑清醒了不少，等他有些后悔冲过来，正想走的时候，王权已经带着人把门口堵得死死的。

“哎呀，周总您好您好。”王权不由分说上去握他的手，“我前两天刚跟沈兮说完让她找您谈合作，没想到您就亲自过来了，这可不敢当啊，有什么事让沈兮过去找您就行了。”

周清和闻言身体一僵。他回头看沈兮，后者则是一脸茫然地与他对视。原来她是因为公事才找的自己，并不是来向他道歉的？他更是气不打一处来，面色也以肉眼可见的速度变黑。

沈兮不知道王权又触到了他什么霉头，正腹诽倒霉，这合作肯定谈不成的时候，他忽然风轻云淡地开口了：“让沈兮跟我谈合作？”

王权点头：“您今天来不是因为合作的事吗？”他说着看了沈兮一眼，小小的眼睛里充满大大的疑惑。

“我还没……”

沈兮刚想解释就被周清和截住了话。

“是为了合作的事来的，但有很多细节还需要沈小姐详细解释一下。”他笑了笑，“不知道沈小姐有没有空跟我详谈？”

“有！沈兮有空。”王权一马当先替沈兮回了话，“她这几天都有空。”说完拼命朝她使眼色，“沈兮你这几天就跟周总对接一下这件事，不用来公司了。”

因为一桩合作，沈兮被自己的老板给卖了，她觉得王权这波操作很可以。

大家很有眼色地退出了沈兮的办公室，王权临走前还极为体贴地把百叶窗帘给遮上了。

沈兮挤出一抹假笑，指了指沙发：“您坐。”

周清和往沙发里一靠，面无表情地看着她，语气很是嚣张：“不管是什么合作，你让我满意了，我就答应你。”

沈兮见状，想给他一咖啡杯，无奈现在是鲸闻有求于他，所以她只能忍辱负重地赔笑：“您有什么指示尽管说出来，我能办到的一定办。”

“我还没想好，你待命吧。”周清和说完起身要走。

她为表示真诚，忙跟在他身后把人送出门口，还不忘嘱咐：“周总您有事随时找我。”

周清和要上车的动作一顿，他回头看着她：“你不跟上来？”

沈兮：“……”

一切好像又回到起点。

沈兮因为工作又成了周清和的保姆，只不过因为之前的事，周清和对她的态度始终不太好。为了方便开展工作，找了一个晴朗的天，她决定做一桌周清和喜欢吃的菜，跟他把事情解释一下，他老人家满意了，她也好开展下一步工作不是？

她在厨房里忙得脚不沾地，觉得自己已经达到了一定的境界，整个人都升华了，明明还记仇之前周清和说的话，但一想到升职加薪，她又觉得世界上有什么事是不可以原谅的呢？况且记仇和升职不冲突，等她升完职再找后账也是来得及的，毕竟君子报仇十年不晚。

六菜一汤一一出锅，沈兮手脚麻利把菜盛盘上桌。这几天周清和忙，她一直没机会跟他说正事，她琢磨着今天怎么着也要把代言的事提一提，正想着，周清和已经推门进了屋。

“你……”沈兮后半句话在看到跟在周清和身后的陶星遥时全都咽了回去。

陶星遥神情意味不明，她站在门口看沈兮，不知道在想什么。

周清和也看了沈兮一眼，没说话，只是回头招呼着陶星遥：“既然饭好了就一起吃吧。”

沈兮在一瞬间又觉得有时候在记仇面前，升职加薪是微不足道的。不知道周清和他们村羞辱人是不是都是这么羞辱的，她颅内血压升高，眼前一时金星围绕，忍辱负重地把餐具摆好。

“我想跟您谈谈合作的事。”

她觉得自己真是有素质极了，这时候还用尊称。

周清和刚刚缓和了一些的脸色又有变黑的趋势，片刻后他淡淡道：“我只看方案。”

就担心他成心刁难，方案沈兮随时备着，她从包里翻出文件递给他等他过目。

原本她还想跟他说一说之前的事，但这几天他都是公事公办的样子，她不好意思提私事，现在他又直接把陶星遥带到家里吃饭，立场更是明确，有一瞬间，她想把文件夹抽出来转身走人，但理智不允许她这么做，她没有资格，而且现实原本也不允许他们两个在一起，所以周清和是对的，她应该祝福他。

陶星遥洗完手出来，安静地站在桌边，沈兮一抬头正好与她视线对上。不知道是不是她的错觉，她总觉得陶星遥似乎跟以前不太一样。

陶星遥从进门时起就是一副欲言又止的样子，看得沈兮难受。

“你有话跟我说？”沈兮问。

陶星遥点点头：“周清和说是你救了我，我今天来是想来谢谢你的。”

鉴于之前陶星遥的所作所为，沈兮有些以小人之心度君子之腹，觉得她可能只是在周清和面前演戏，但是自己没必要戳破，便顺着她的话接了句“没事”。

沈兮没吃饭，把厨房收拾干净便借口有事先离开，让周清和看过方案之后再联系她。

沈兮一走，一直心无旁骛吃饭的周清和这才摔了手里的筷子，坐在他对面的陶星遥像是没有察觉到不对似的专心致志地吃着饭。

周清和拿起文件进屋，陶星遥这才开了口：“我看她的第一眼就知道她的性格没有表面上看起来的那么随和。”

周清和没接话，只是说："谢谢也说过了，一会儿你吃完饭我让小杜送你回去。"

陶星遥的手紧紧握着，她说："如果我一直像之前那样，你是不是就会一直陪着我？"

"不会。"周清和没有一丝犹豫，"不要想太多。"

从周清和家离开，沈兮无处可去，正要找个地方待一会儿顺便等周清和回消息，许文臣就打来了电话。

天下没有什么八卦是可以瞒住他的，一接起电话，他就嚷嚷着："你跟周清和怎么回事？你们两个在一起了？不是之前闹别扭了吗？"

她想抽许文臣一大嘴巴，闹别扭是泛指关系好的人，她跟周清和只能算"终止合作"。

许文臣不管她是否答话，继续问："你现在在哪儿呢？有事吗？我今天正好没事，你要是也没事，我请你吃饭。"

她一个人待得正无聊，毫不犹豫地把位置报给了许文臣。

或许是感受到了沈兮的孤独，许文臣并不是自己来的，与他同行的还有三个男人。沈兮愣了一下，不知道许文臣葫芦里卖的什么药。

"哥们儿够不够意思？这都是我朋友，全都是单身，刚才我们就在一块呢，听到我跟你打电话非要跟着一起过来认识一下。"许文臣搭着她的肩膀，特务接头般用气音说，"我想着你也是单身，也不必非要在周清和这一棵树上吊死，所以把人带来了，但是你也别有负担，只是一起吃顿饭而已。”

沈兮心无旁骛，自然是没有什么负担，再加上在座的几个男人与她年纪相仿，又个儿顶个儿健谈，所以这一顿饭大家吃得特别开心，临别前几人拍了张合照，又互加了微信，最后由许文臣牵头又建了个微信群，名字叫“沈兮的后宫”。

许文臣手欠把合照发到了微博上，又特意@了沈兮，分分钟，他的微博涨了2万粉丝。

在等周清和回复的时间里，沈兮看着许文臣微博评论里大家伙儿对合照里的几人面相的分析，最后经过投票，大家决定支持沈兮和许文臣在一起，因为许文臣看起来像一只小奶狗，让人爱不释手。

沈兮转发了这条评论，并配文：【纳入考察对象行列。】

全网都沸腾了，在小奶狗许文臣面前大家甚至忘记了老狗周清和与张云旗。

周清和听到手机微博的提示音之后，放下了手里的方案。微博他只关注了沈兮，她发了什么动态自己都会收到提示。

刚一打开微博，周清和就看见她坐在男人堆里，照片上的几个人笑得极其刺眼，看得出用餐的气氛很是融洽。他被气得险些一口气梗在胸腔憋死自己，握着手机的手蓦然攥紧，力用得几乎能捏碎手机屏幕。再一看她的配文，他直接把方案摔到地上，他原本想循序渐进地吸引她靠近自己，没承想她左拥右抱过得这么开心。

冷静下来后，他给她打了个电话。

电话那边，沈兮似乎是在商场里，想到她身边可能还跟着四个男人，尤其是那只什么狗，周清和的太阳穴就炸开般地疼："十分钟之内到我家，晚了合作免谈。"

沈兮一时间觉得自己更像是鲸闻的老板，但是她更觉得周清和有精神病。所幸她一直在他家附近转悠，十分钟赶到绰绰有余。

进门时，沈兮特意看了眼鞋架，见上面没有女士的鞋，一直提着的气这才放松了些。周清和开了门人就转回了书房，扔她一人站在门口不知所措。

良久，他的声音从书房传出来："不进来？"

沈兮这才扭捏地进了门。

"给我一个选鲸闻的理由。"他似乎疲惫至极，将脸埋在掌心，"一线大腕多的是，我为什么要跟鲸闻合作？"

自从入行以来，沈兮都是从事幕后工作，像这样跟人当面谈合作，对于她来说是破天荒头一遭，尤其是眼下周清和一副要找碴儿的德行，更让她心里没底。整理了一下语言，她语速极快："从咖位来说，鲸闻是竞争不过其他娱乐公司的，比起其他的顶级流量，我们的艺人虽然知名度不高，但是正因为如此也更符合贵公司新上线的珠宝，两者都是'新生'，我觉得用新面孔更应景；还有第二点就是，我虽然不是艺人，但是话题性可以赶超一般公司的流量，如果您与我们公司合作，我们一定全力配合，如此一来，您也是事半功倍。”

周清和似笑非笑地看着她：“那我直接签你多好啊。”

沈兮被噎了一下，下意识地反驳：“虽然我们的艺人出镜少，但业务能力绝对是专业的，我有话题性，但也只是起到辅助作用，我觉得这跟您签我们的艺人没有冲突。”

周清和点头：“说得挺好的。”

沈兮的心落回去了一些，她小心翼翼地问：“所以？”

周清和看了她一眼，文件夹朝桌上一摔：“下星期给你答案，这期间希望你不要让我失望。”

沈兮没懂周清和最后那句话的意思，更不清楚她怎么做才能被他称之为不失望，不过该做的工作做完了，心上的石头总算是被搬开了一半。

沈兮走后，小杜过来送文件，进屋时见周清和深沉地坐在桌前，似乎是在考虑非常严肃的事情，他也没敢说话，放下文件正要走，忽然听周清和开了口。

“小杜，女孩子要怎么追？”

之前他和沈兮谈恋爱时，好像也没有谁追谁，两人都属于外貌极其出众的人，后面经过学校组织的一些活动渐渐多了相处的机会，再后来，院里就开始传起了他们两个在一起了的传闻，不知不觉，他们就假戏真做了。再往前数十几年，他那会儿挺喜欢陶星遥，除了跟她表达了自己对她挺有好感之外，也没有做出什么举动，所以总结起来，在恋爱方面，他几乎是入门级菜鸡。

追女孩子这个问题自然是难不住小杜，他虽然没谈过恋爱，但是手机上的各类言情小说一抓一大把，昨天他迟到就是因为前天晚上追小说追得太入迷熬了夜，这才导致早上没起来。

“周总，您要追的女孩子是什么类型的？”小杜扶了扶鼻梁上的眼镜，“不是我说，我觉得以您的条件还用主动去追女孩子吗？对方的条件很好？如果这样的话，那就要看看对方需要什么，如果她需要钱，您就给她钱，如果她需要时间，您就多陪陪她，再时不时送些礼物，这事也就成了。”见周清和终于有了谈恋爱的趋势，小杜不禁有种“吾家有子初长成”的喜悦。

周清和思考着小杜的话，忧心忡忡地说：“她看起来什么都不需要，而且我们之间闹过不愉快。”

“嗐。”小杜摆摆手，“您想什么呢？怎么会有人什么都不需要？又不是沈兮那个变态。”

周清和：“……”

他本能地觉得自己似乎跟小杜聊不到一块去，当下选择闭了嘴。

另一边。

沈兮从周清和家出来后直接回了公司，按照她对周清和的理解，代言这事应该是八九不离十。只是合同一日不到手，她就一日不敢松懈。现在还不是把结果告诉王权的时候，她只能偷偷摸摸为新人定制出道文案。

看见沈兮回来，鲸闻的同事们好奇的目光一直向她的办公室瞟。众人觉得好奇的原因有两个，一是因为她本身的网红身份，二是因为她和周清和的关系，也不知道最后这合作谈成了没有，毕竟这是一人得道鸡犬升天的事，大家都很关注。

王权收到沈兮回来的消息后，把人叫到了办公室，问："周氏那边怎么说？"他一直担心代言会被陶星遥给抢了，毕竟之前那些年周清和没少跟陶星遥传绯闻，说两人没有关系，是个人都不信。

沈兮理解王权一直以来的顾虑，但也不好多说其他，只说"周总说下周答复，到时候我再来告诉您"，暂时把话题搪塞了过去。

第八章 -

她的少女心

周清和最近的重心完全不在跟鲸闻的合作上，从小杜那儿获取有利信息无果，他将矛头转向了杨炀。

杨炀毕竟是唯一一个他和沈兮关系密切的知情人，同时也是他在网上遍寻答案失败之后的唯一寄托。

“我第一次看见你们两个又在一起就觉得你俩肯定扯不清。”杨炀靠在他家的沙发里，跷着二郎腿刷微博，一副“老子就知道”的口气，“但是我看前几天沈兮微博转发的那张照片，那个男的跟她确实挺配的，但就是驾驭不了她……”

杨炀一抬头正撞见周清和一脸想暗杀了自己的样子，吓得后半句话改为：“但是配不过你，还是你俩绝配，天生一对，真的。”

周清和面色缓和了些，说：“之前我去云莱镇，跟她发生了不愉快，前几天陶星遥要当面谢谢她，我就把人领回来了，她现在可能还在气头上。”

杨炀搔了搔头：“也是，换我我也生气，不过这也从侧面证明了你俩有戏啊，她肯定是在意你的。”

杨炀用脚指了指冰箱：“拿瓶冰镇啤酒，我有点渴了。”

周清和有求于人，态度自然友好，别说是啤酒，杨炀就算要喝他酒柜里那瓶比他岁数还大的拉菲，他都没有意见。

“要我说，你得先弄清楚她一直排斥你的原因。我不信她不喜欢你这个人，你好好想想你们当年分手的原因。”

当初两人分手，周清和身上那层低气压能把人憋死，只是这小子嘴硬，一直没跟他详细说过分手的原因。

“因为我有钱。”周清和眼神古井无波，这理由他听了都想笑，有钱是他的错吗?

果不其然，杨炀也有些蒙：“因为你有钱？”

两人一起陷入沉默。

杨炀灌了口酒：“她和张云旗的事我之前也侧面听说了点，我觉得她可能是在张云旗那儿受过刺激，所以怕跟你重蹈覆辙。如果真的是这样，我建议你先跟她把前段时间的事情解释清楚了，再明确地告诉她你的想法以及你家里的态度，这样她才会放下防备，因为任何一个正常的女人都不会想谈一场明知道没有结果的恋爱。”

周清和点头：“但是现在除了那个合作，我们没有其他可以联络的理由。”

杨炀恨不能把啤酒瓶抡到他的脑袋上：“就这个理由还不够?

现在她有求于你，在你没有惹怒她的前提下，你说什么她都得听，你还不趁机好好表现？我记得你上初中的时候没少看《孙子兵法》，三十六计里就选不出一个你喜欢的？美人计行不通，不会使点苦肉计？沈兮又不是石头做的。”

不得不说，杨炀虽然平时看起来不太靠谱，但关键时候还是不掉链子，只是不知道他这么会哄女孩子怎么还是个单身狗。

周清和开窍的当晚就给沈兮打了个电话。

电话那头很安静，他无端有些紧张，说：“明天有空吗？”

彼时沈兮正躺在床上昏昏欲睡，最近忙着赶稿子她熬了两个通宵，此时一听说周清和找自己，立马精神了不少：“是谈合同吗？有空。”

周清和含糊地应了一声：“明天我去找你。”

“这不太好吧。”现在周清和是甲方，沈兮不敢摆谱，顾不得之前的嫌隙，“明天还是我去找你吧。”

第二天起床一翻日历，沈兮才记起今天是中秋节，她微微有些失神，又是个举家团圆的日子，她依然是孤身一人。

街上的行人比平常要多出几倍，周清和说他身体不舒服，事情要在他家谈，为了应节气，她路上顺便买了盒月饼。

进屋时，周清和的脸色确实有点不太好看，她把月饼递到他的手里：“节日快乐！”

周清和看着那盒蓝色中国风月饼礼盒，突然不敢想她这几年自己是怎么过来的。

两个人都不说话，屋中的气氛便有些尴尬，沈兮率先打破沉默："是决定与我们合作了吗？"

周清和见她一副公事公办的语气，拿她有些没辙："工作的事先放一放，我有话想跟你说。"

周清和的语气很郑重，沈兮的心提了起来。她傻站在门口，有些手足无措。

"有关之前在云莱镇的事，是我没搞清楚状况就口不择言，我道歉，对不起，请你原谅我。"周清和长这么大，很少跟人道歉，但这冷不防道了一回，他又觉得果然是万事开头难。

沈兮被他突如其来的道歉惊得不知道做何反应，她的性格是属于你嚣张我就比你还嚣张，如果你服软，我就蒙了的类型。

"没……没关系。"她结结巴巴地回应，"我之前也做得不对，你别跟我一般见识。"

周清和闻言觉得今天的会面开端不错，于是顺着昨天杨炀帮他捋出来的思路继续说："陶星遥受伤之后伤了脑袋，之前有些失去理智，你也知道她工作的特殊性，所以这事她家没声张。我之前不知道你受伤，所以在你需要人照顾的时候我没能照顾你，这事我也很对不起你。"

沈兮听得一愣一愣的，怪不得当初她看陶星遥被偷拍到的照片时觉得陶星遥整个人看起来有些不对劲，现在想想，陶星遥的眼神中充满了恐惧，或许是对一切都觉得陌生吧。

“之后她情况好转，我跟她说了你救了她的事，她想当面跟你道谢，正好那会儿你在，我就把她带回来了，但是我跟她之间不存在任何过分的关系。”

虽然知道不对，但是沈兮听完周清和的解释，觉得自己整个人舒坦多了。她微微叹了口气，正要说些场面话，就听他继续说。

“我之前跟你说过喜欢你的话是真的。”他紧紧盯着她，“当初我不是有意对你隐瞒身份，我只是觉得没有必要特意跟你说这事，我也没想到你当时的反应那么大。”

沈兮抬手制止住周清和的话：“今天的主题不是签约吗？”

他顺势把她的手握住：“沈兮，我觉得你不是对我没有感觉，如果你是顾虑到我的家族，那完全没有必要。我不是张云旗，我的女人只负责享受生活就好，不需要任何附加条件。”

周清和眼中的认真使她一时挪不开视线。

“周家从来不需要门当户对的儿媳妇，你明白我的意思吗？”

感受到手上传来的周清和的温度，沈兮突然觉得时光好像倒流回了两人上大学那会儿，那时候两人偶尔也会牵手并行。

“吱呀”一声。

突如其来的开门声把沈兮从回忆中惊醒，她下意识地把周清和推开。慌乱之下力气过大，周清和不防，一个趔趄，后腰撞到了身后的茶几，疼得整个人都直不起腰来。

温华进门时看到的就是自家儿子摔倒在地的画面，她愣了一下，又看了眼被吓傻了的沈兮，不知道眼前是什么情况。

“妈，您怎么来了？”周清和红着脸，尽量使自己看起来镇定，刚才那一撞正好撞到桌角，倒省去了装病这一道程序。

“今天是中秋节，你不回家，我和你爸爸只好过来了。”

温华生长于江南，说起话来温声细语，即便发火也是温温柔柔的。她说完去看沈兮，虽然面色平和，但是眼底始终掩饰不住欣喜。

她这个儿子哪儿都好，就是不谈恋爱，之前好容易有个陶星遥，但是两人这么多年也没有个结果，倒是听说他上大学那会儿好像谈了个小女朋友，只是她还没等见到人两个人就分开了，这些年他又一直单身，现如今看到个水灵灵的大姑娘站在自己面前，开心的情绪便有些控制不住。

“这是我妈。”周清和给二人做着介绍，“这是我……朋友。”

见周清和犹豫的那一瞬，温华心里就有了数。

对于今天发生的一切都感觉到梦幻的沈兮此时恨不能刨个地缝儿钻进去，她红着脸向温华鞠了一躬：“阿姨好。”

“哎，好，好。”温华笑起来时人更是和气不少，“我跟你叔叔买了很多东西过来。今天是中秋节，你不要走了，就在家里过节吧。”

沈兮闻言太阳穴突地一跳，之前跟张云旗母亲见面的场景不合时宜地涌进了脑海，她正要拒绝就听周清和说：“也好，正好我要跟她谈点工作的事。”

沈兮坐在周清和的书房里，觉得自己的处境很尴尬，她觉得坐着不是那么回事，现在出去帮忙也不是那么回事。

“周清和，我……”她像坐到了钉子板上，“我还是走吧，今天中秋节，我在这儿算怎么回事啊？”

周清和嗤笑了一声：“以后可能年年都这么过，你早晚要适应的，你要坐不住就出去帮忙，我陪你一起去。”

她思来想去还是觉得去厨房帮忙比较合适一些，于是看着周清和：“我……”

“走吧。”周清和直接带人去了厨房。

温华此时正在利落地切着菜，这倒让沈兮大跌眼镜。她一直以为总裁夫人是像张云旗他妈妈那样穿金戴银，十指不沾阳春水，没事就去各大秀场逛一逛买些高定衣服，张嘴闭嘴就是几亿的生意，万万没想到原来总裁夫人也可以下厨做饭。

温华听到声音回头，看见沈兮稍显诧异的神情后笑了一下：“我平时就爱研究厨艺，你们快进屋，我自己就可以。”

刚才沈兮就发现了，温华不会刻意去端架子，更不会刻意去炫耀什么，但偏偏就是这样的低调才让她看起来更高不可攀。

沈兮还没等说话就听见身后传来关门声，她刚刚放松了的神经立马又紧绷了起来，不用想也知道此时进屋的人是谁。

“爸。”周清和跟周正打着招呼。

“哎。”周正声若洪钟，不看人光听声也觉得气势如虹。

第一次在现实中见到富豪榜上的人，沈兮觉得自己快要窒息了，但是出于礼数，她强迫自己镇定下来跟周正打招呼。

“叔叔好。”

刚才上楼时温华已经把周清和家里的情况与周正说明，还特意叮嘱他一会儿上来不要太严肃，别吓到小姑娘，毕竟身居高位，日常状态便是不怒自威，温华实在担心。

“你好。”周正的面相端正，一看便是久居高位，眉眼间不经意显露的全是庄重，就是这样的脸，难得笑了一下，却比不笑看起来还瘆人。如果不是知道怎么回事，沈兮还以为他马上就要无声地把自己就地解决。

“你们在客厅聊聊天，我这边一会儿就好。”温华向周正使着眼色，后者表示领会精神。

沈兮硬着头皮坐在沙发的一侧，身子板正得好像幼儿园等着老师分苹果的小朋友。正位上的周正时刻谨遵着老婆的教诲，为了使自己看起来亲切，他一直僵硬地笑着，整个客厅只有周清和最是放松。

周清和非常能体会周正此时的心情，虽然他平时运筹帷幄，在生意场上风生水起，但是“见儿媳妇”这样的事，他是第一次经历。此时他看起来虽然八风不动，但是周清和知道自己的老父亲这会儿一定是心跳如雷。

温华自然也将这点考虑了进去，不由得加快手上的动作，没一会儿，六菜一汤便上了桌。

沈兮帮忙端菜，她一离开客厅，周正这才微微松了口气，他瞪了一直在旁边偷笑的周清和一眼："现在进展到哪一步了？什么时候要孩子？"

周清和哭笑不得："您想多了，您儿子还没追到人呢。"

"之前我就听你张叔说你在追一个女孩子，是这个小姑娘吗？"

周清和点头。

周正说："既然喜欢就上心点，最好年底就把婚结了，你这么大年纪了，心里要有点数。"

周清和："？"

他年纪很大吗？

温华端着最后一道菜出来，招呼几人吃饭。饭桌上自然少不了闲谈，显然，沈兮就是那个闲谈的对象。

周正自知在生意场上游刃有余，但在这样的场合他插不上话，便一直沉默地听着自家老婆与沈兮交流。

"兮兮的工作累不累，需要加班吗？"

沈兮忙放下筷子，老老实实地答话："要看公司的具体情况。"

温华点头："公司离家远吗？"

“不远，步行十分钟就到了。”

因为事先没有跟家里提过沈兮家的情况，担心母亲会问出令人尴尬的问题，周清和在温华问完两个问题后便巧妙地接过了话。温华哪能不懂自家儿子的意思，也便顺势将话题引到其他方面。

担心沈兮待得不自在，温华和周正吃完饭便张罗着离开，沈兮把人送到门口，温华拉着她的手说：“兮兮，下次让小和带你到家里玩，啊。”

沈兮连忙点头，直到看到周正的车消失在小区门口，这才松了口气。

看到沈兮和周正如出一辙的状态，周清和笑了起来：“没有想象中的那么糟糕吧？”

沈兮清了清嗓子，强行把话题转到合作上：“那我们是不是可以签合同了？”

周清和面色忽然变得苍白，他捂着后腰，说话声突然间变得虚弱起来：“嗯，只是我刚才撞到了腰，一会儿要麻烦你先送我去医院一趟。”

沈兮无语，但看周清和也不像是装的，想到自己刚才推的那一下确实力气不小，于是应了下来。

周清和去的是私立医院，院长是他的朋友，所以他腰的情况好坏完全是他自己说了算。

拿到检查报告之后，医生说：“腰部骨骼轻微骨折，他三个月内的起居生活必须要有人照顾。”

周清和很是配合地点点头，然后对沈兮说：“合作的事你不用担心，我会让小杜去鲸闻签约，但是现在有个附加条件，你们公司的艺人我要有三个月的试用期，如果她可以胜任，我会考虑跟她签长约。”

沈兮在瞬间就听懂了周清和话里的意思，这三个月内，只要她沈兮让周清和满意，鲸闻就跟着自己得道升天了。在公司大义面前，她屈服了，一股部门自豪感油然而生，她觉得这次的合约拿到后，她的职位不只是部门经理，或许还可以再往上升一下。

为了方便沈兮照顾自己，周清和买下了她楼上的房子。沈兮对此表示无语，有钱人就是任性，想在哪儿买房子都不带含糊的。

又赶上个星期六，沈兮从超市采购回来，刚一进门就听见手机响，号码很陌生，她以为是推销的，起初没有在意，等放下了手里的东西又把家里打扫了一遍之后，她发现手机上又多了三个未接来电，全都是刚才的号码。她心一紧，第一反应是一直处于失联状态的方洁可能出事了。

犹豫了片刻，她把号码回拨，心跳得如同擂鼓，对方很快将电话接起，却不是方洁，而是自打把房子抢走后就再没有了音信的沈江。

沈江说话时语气很是强硬：“兮兮，我有事要跟你商量。”

她不认为自己跟沈江有什么好说的，事实上除了无法舍去的血缘关系，她甚至不知道她和他还有什么关联。

“我没什么可跟你商量的。”沈兮说完就要挂电话。

“那个房子，我不送了，这两天把钱打给我。”沈江说得理直气壮，沈兮还以为自己听错了。

“不好意思，那是我的房子。”沈兮都替他臊得慌，“对了，还请你以后不要再联系我。”

沈江见硬的不成，便开始打亲情牌：“兮兮，爸爸最近公司遇到了点问题，不然也不会来跟你提这么无理的条件，那一百万对于爸爸来说很重要……”

沈兮直接打断他的话：“跟我没关系。”

“沈兮，我们不要闹得太难看了，我知道你现在在鲸闻工作，不要让我直接去你公司找你。”沈江开始露出他的本来面目，“听说你最近跟周氏的太子走得很近，别到时候因为你的家庭让人家唾弃你。”

沈兮挂断了电话之后有些怀疑人生，世界这么大，怎么奇葩偏偏都凑到了她的跟前。

晚上去给周清和送饭时，她还沉浸在沈江的话中。其实周清和的家里怎么想她根本不在乎，因为本来她也不能跟周清和在一起，两人的条件相差太多，周家的背景那么复杂，有些事已经超出了她的认知范围，周清和如果一直喜欢她还好，一旦他疲倦了，她在周家将连立足之地都没有。

她想得太投入，导致周清和在一边跟她说话时她没有半丝的回应。

周清和皱眉："有心事？"

她从沉思中清醒，故作镇定地摇头。

知道周清和心思缜密，怕他察觉到自己不对劲，沈兮说："我下楼取个快递，你先吃，吃完了给我打电话我再来收拾。"

她走得匆忙，连手机都忘了带。她刚一出门，电话就又振动了起来。周清和开始没有理会，但这电话催命似的一遍接着一遍打过来，大有没人接它就振动到地老天荒的趋势，他怕对方有急事，便将电话接通。

还不等他说话，沈江的声音就又传了过来："兮兮，你不要以为爸爸刚才说的话是吓你的，如果你不把房子还给我，我一定不会让你和周清和在一起，周家有头有脸的，闹起来我是不怕丢人的，但是对于你来说就不一定了。"

周清和在第一时间便听懂了事情的来龙去脉，他忽然笑了一声，总是独自面对这种情况的沈兮到底怎么才能让人不心疼？

沈江一听对面传来的是男人的声音，警觉地闭了嘴，见对方迟迟不开口，这才问："你是谁？"

周清和的语气冷淡："你刚才要找谁？"

刚才的话只是沈江用来威胁沈兮的，在他的潜意识里，他一直觉得周清和和沈兮的事是假的。周家是什么家庭？沈兮又是什么背景，他们两个在一起简直是天方夜谭，即便两个人有关系也一定是沈兮追着人家跑，周清和理不理她还不一定。

所以，在这样的认知下，沈江却突然与周清和通了话，沈江整个人还处在状况外。

“你有事可以跟我谈。”考虑到对方是沈兮的父亲，周清和没有说太难听的话。

沈江闻言沉默了片刻，突然意识到自己未来可能是周清和的岳父，如果周清和真的在追沈兮，或许他可以从周清和那里占到些便宜。

权衡过后，他把周清和约了出来。

周清和出门时正赶上沈兮过来取手机。

“你要出门？”她犹疑地看着他，这人刚才还说自己生活好像没法自理了，怎么转眼就要出门了？

“嗯。”周清和把手机递给她，“我一会儿就回来，你在家休息吧，不用送我了。”

为了占据主导地位，沈江提前三十分钟到了约定的地点，却没想到周清和足足迟到了三十分钟。这一个小时里，沈江像个傻子一样坐在座位上，顺便思考着一会儿该怎么在周清和那里占便宜。

如果是从沈兮的手里要，看在他们关系的份儿上，沈江只要一百万就可以了，但如果是从周清和手里要，以周家的条件，他想要多少都没问题，可是狮子大开口好像又不太好。

他正在衡量钱数，突然觉得眼前一暗，抬头时便对上了周清和平淡的眼神。

他向周清和伸手：“你好，我是沈兮的父亲。”

周清和拍了拍裤子上的灰，没伸手，开门见山道：“以房子现在的市值，最少值五百万，你先把剩下的四百万打过来，我们再谈下一步。”

沈江被他说得一愣：“凭什么？”

“这钱，一笔是一笔，我说明白了吗？”

沈江如梦初醒，这才知道周清和这次来不是来让自己占便宜的。思及此，他冷笑一声：“我们家兮兮是什么背景你现在也知道了，你觉得你家里会同意你们的事？”

周清和屈起食指，有节奏地轻叩着桌面。中秋节那天晚上，在沈兮回家之后他回了趟老宅，因为想打消沈兮的顾虑，跟她好好在一起，所以他把沈家的事跟温华与周正都聊了聊，彼时他心里也有些没底，虽然温华和周正不太看重门当户对，但是沈兮的家世确实是短板。

只是没想到，听完了周清和的话，温华问：“就这？”

周清和挑眉：“是比您预料中的要好吗？”

其实早在周清和在微博上说要追沈兮时，温华就已经了解了沈兮家的事，只是她见周清和一直不想说，便也没点破。这会儿见周清和眼底微微有些忐忑，她在他肩膀上拍了一下：“所以你既然决定要跟兮兮在一起，就要加倍地对她好，把她之前那些年所缺的爱都补回来，知道了吗？”

想到温华的嘱托，周清和只觉得心中一片柔软，抬头再一看沈江市侩的嘴脸，顿时对他的印象又差了不少。

“同意与否，您可以试试。”他叩击桌面的动作未停，“不过听说最近您的公司运转出了点问题，我觉得您试了之后，或许一千万也填不上您的这个窟窿。”

沈江的脸色终于变了，当年跟方洁离婚之后，他就南下做了皮革买卖，这些年的人脉累积下来也混了个乡镇企业家的名号，只是最近皮革市场不景气，公司多个生产线都停了，他不想看自己多年的心血付之东流，便向银行贷款另开了一条生产线，就是这条皮草的线现在赔进去了整个公司，他名下的所有钱都被冻结，现在可以说是走投无路，这才把脑筋动到了沈兮的身上，只是没想到她现在靠上了周清和这棵大树，已经不是自己可以随意对待的人了。

“我去哪儿给你弄这四百万？”沈江气得想把面前的冰水泼到周清和的脸上。

“那是您的事，价钱我已经报完了，如果不是拿着五百万来谈，我奉劝您不要再联系沈兮。”周清和说完也不等他答话，起身离开。

沈江忌惮周家，没再敢继续骚扰沈兮。沈兮的日子回归平静，闲着没事时，她偶尔会盯着手机屏幕发呆，她不知道之前一副跟自己鱼死网破的人怎么转瞬之间就安静了，会不会是他出了什么事？

她沉思着，忽然听见有人敲门，抬头一看，王权笑眯眯地站在门口。她吓了一跳，赶紧过去把人请到沙发上坐。

“王总您怎么下来了？”

“跟周氏的合同已经签署完毕，这事幸好有你。”虽然有附加条件，但王权看起来还是很满意，“柯岩已经调了新部门，明天会上会宣布任职通报，明天开始你就是公关部的经理了，你的人事任命会一起宣布。”

公关部经理一职是沈兮人生到目前以来达到的最高职位，虽然之前就已经做好了准备，但是当王权亲自下来跟她说时，她还是觉得像做梦一样。

虽然思想有些飘忽，但是沈兮知道自己的升官发财路全都离不开周清和的帮助。回家的路上，她去到超市买了周清和喜欢的小龙虾，发誓今天晚上必须料理个小龙虾一百零八式，周清和如果不吃到吐都是她没把感激之意表达到位。

沈兮照例先回家放东西，在确认周清和没出门之后，才自带食材和酒水上了楼。

见沈兮空前绝后的热情，周清和心里有些发毛：“你这是什么情况？”

“我升职了。今天我请客，薄酒素菜你不要嫌弃，权当是我的一点心意。”她拎着两只袋子朝厨房走。

周清和有些哭笑不得地跟进去，见她轻车熟路地开始料理食材便也洗洗手过去帮忙。

沈兮见周清和走路时身体微微有些僵硬，担心久站不利于他的腰部，挥手往屋里赶人：“你进去等着吧。”

最主要的是，周清和十指不沾阳春水的，不添乱都算是帮忙了。

周清和第一时间听出了她的嫌弃之意，有些哭笑不得：“我现在也略懂一些厨房里的事，给你打下手绰绰有余。”

自从上次在沈兮面前丢了人，他背地里苦练通下水道和洗菜，他就不信这次还能把下水道堵了。

不顾沈兮的阻拦，他强硬地接过了活蹦乱跳的小龙虾，自此，厨房里就没断过他的抽气声。

沈兮在一边切着蒜，余光瞥见周清和被小龙虾钳子夹得身子不时抖一下还要强装什么事都没发生的样子，虽然知道不该，但还是忍不住笑了起来。

当然，怕被他发现，沈兮微微偏了头。

“好笑吗？”一直沉默的周清和突然发问。

沈兮下意识地点头：“好笑。”说完才反应过来，当下悔得肠子都青了。

周清和也没想跟她一般见识，只是瞪了她一眼，说：“刚才我妈打电话来让我带你去家里坐坐，你想去吗？”

沈兮不想去，如果周清和说跟她做朋友，她欣然接受，但要再进一步，她是抗拒的，那种刻骨的痛她不想再经历第二回。但如果让她完全推开周清和，她独处时曾问过自己的内心，她可以做到，缺没办法做到毫不犹豫。周清和优秀是毋庸置疑的，他专一又深情，从不与人暧昧，这些完全符合她的择偶标准，只是可惜了，周清和的家世太优越，她觉得自己配不起。

见沈兮沉默，周清和说：“我家跟张云旗家不一样，我觉得你对我有偏见，你其实可以放下防备试着与我接触试试，我也只是个普通的男人而已。”

每次说到这个问题周清和都想去打张云旗一顿，如果不是那个人渣，沈兮不会到现在都走不出“门当户对”这个阴影。

“你的事我跟我的父母提起过，如果你担心他们知道你的事情后会像张云旗的母亲那样处理，我可以告诉你，你的担心是多余的。”说话间周清和又被小龙虾给夹了一下，他忍着痛，“说句难听的……”

沈兮立马打断：“那你别说了，我不想听难听的。”

周清和笑了一声：“这可由不得你。”不管沈兮转过脸表示拒绝，他字正腔圆道，“如果你总为自己的家世感到自卑，那你找个什么样的男人都是自卑的，所以为什么那个男人不可以是我？反正你一直觉得你配不上任何好的事物。”

周清和的一套歪理把沈兮给绕了进去，周清和见她沉默，继续道：

“更何况我不认为父母离异的家庭就比别的家庭低了一等，追根究底是你自己太在意这些，要不我给你找个心理咨询师给你治治？”

沈兮木着脸：“你才有病。”

话虽然是这样说，但是等回到家后，沈兮细细想了周清和的话，如果他的父母不反对……

她猛地摇头，想什么呢朋友。

但……如果他的父母真的不反对……

沈兮整个人缩进被子里，那是不是她真的可以跟周清和试试？

沈兮胡思乱想了一整晚，直到天亮时才渐渐有了睡意，原本想请假，但想到今天是宣布她升职的日子，缺席不太好，只能多在脸上拍几层粉强撑起气场去开会。

对于沈兮的新职务，公司的众人已经心知肚明，当初招她进来时大家就已经预见她的职场之路一定是顺畅无比的。

所有流程如同众人所料那般，异常顺利。

最后，在众人热烈的鼓掌声中，王权说：“今天把大家召集来，除了公布任职命令之外还有一件事。最近西瓜台策划了一档真人秀节目，嘉宾不是艺人，而是一直在幕后默默为艺人付出的工作人员，现在西瓜台向我司发出了邀约，大家各抒己见，看看我们公司谁适合去参加这个节目。”

王权说话时不知是有意还是无意，他看了沈兮一眼。

大家一看，顿时心知肚明。

看来这个名额王权已经定好了，而且放眼全公司，除了艺人就是沈兮的流量高，所以最后一定会选她，大家又何不顺水推舟做个好人呢？

王权像模像样地做了一个匿名投票，最后的结果在众人的意料之中。

沈兮像被雷劈了一样坐在座位里看着大屏幕上的人选名字，与会的一共二十个人，除了她自己投给王权的一票之外，其余十九票都是投给了她。她咽了口唾沫，对于上电视这事，在她少不更事的时候确实幻想过，但是现如今实现梦想的机会摆在了她的眼前，她突然露怯了。

“沈兮，你的意愿如何？现在公司的发展已经逐渐步入正轨，我觉得如果是你去参加这个节目，一定可以起到锦上添花的作用。当然，你可以不用参考我和大家的意见，我虽然有话语权和决定权，但也不会要求你们必须跟我一样对公司的发展规划尽心尽力，所以这种事还是要你自己做主。”

又是熟悉的配方，王权的这套道德绑架理论沈兮已经摸透了，不过他说得也没错，她去露一露脸不但于鲸闻来说是锦上添花，对于她自己的职业道路来说也是有利而无害的。

嘉宾名单定下来后，西瓜台很快官宣，在此之前，所有人都不知道其他参加节目的嘉宾是谁。

沈兮看着宣传海报上C位的自己和另一个C位张云旗，表示求电视台做个好人吧，这会儿她连合同都签完了，想反悔自然是来不及了。也怪她孤陋寡闻，西瓜台只说工作人员，她从来没想过CEO也属于幕后工作人员。

她颤抖着手关闭了网页，又把手机递还给周清和：“那个什么……”

周清和把人向旁边一扒拉：“别挡我看电视。”

他的脸黑得跟锅底似的，有关于参加真人秀节目的事沈兮从来没跟他说过，不然也不会出现此刻这让人措手不及的局面。

时间不早，沈兮收拾完厨房正要回家，看见周清和那一脸的“生人勿近”，更是心虚得不敢靠前，虽然她不知道自己在心虚什么。

“那我先下去了啊。”她小声说，“明天我就要进组了，可能你联系不到我，你的腰是不是没什么事了？”

周清和从鼻孔里哼了一声，多余的眼神都吝啬分给她。

沈兮识趣地放轻动作，几乎是小跑着出了周清和的家。

这档直播形式的真人秀节目叫作“娱乐大自然”，顾名思义，也就是娱乐人与大自然结合，让一群平时打造一流明星的人通过给果农菜农打工赚工钱，然后再用自己赚来的钱来打造自己的“家”，最终达到助农的目的。

虽然真人秀节目平时大家都有看，但亲身参与又是另外一回事，大家都没经验，所以不约而同提前进了组。

再看到张云旗，沈兮的内心已经没有了波澜，仿佛看到一个老友一般，她朝张云旗笑了一下，算是打过招呼。

张云旗有些不好意思地搔了搔头："我没想到你也来了。"

圈里的人都知道张家内部争斗已经到了白热化阶段，为了能把秦汉控制在手里，张云旗听从了父亲的话，来参加了这档真人秀节目，为的就是在众人面前刷存在感。

沈兮和张云旗的事在座的各位或多或少都听说过，此时看见两人说话，大家全都识趣地躲去了一边。

再晚些时候，节目组给大家开了会，由于没有台本，所以只是简单给嘉宾讲了讲上镜之后需要注意的事情。

来参加的嘉宾一共是十个人，这十个人来自不同娱乐公司的不同岗位，有娱乐公司 CEO，有公关部经理，还有演艺部负责人以及经纪人等。其他的人都是正儿八经的幕后工作人员，只有沈兮和张云旗之前被众所周知，算小有流量。

节目的海报一经曝光，大家纷纷在下面评论这个真人秀节目一定是张云旗和沈兮的个人 SOLO，有不少坚定的"稀奇宝宝"更是刷起了期待看两个人甜蜜日常的话题。

为了提高节目的收视率，节目组有意把两人安排到一组。

9 月 21 日，《娱乐大自然》正式上线，全程直播，大家对这档节目的呼声很高。

节目一开始便是让大家抽签选搭档。沈兮站在正中间，轮到她抽签的时候，电视前的周清和无端紧张了一下，他把电视的音量调大，生怕自己错过这历史性的一签。

镜头直对着沈兮的脸，她尽量使自己的表情看起来自然一点，伸手在箱子里随便拈了张卡片出来。

“大家看看自己手里卡片上的数字，数字一致的两个人是搭档。”

沈兮的手心已经微微冒了汗，她祈祷着她的搭档千万别是张云旗。

不同于她的祈祷，此时在网上观看的大家已经自觉地刷起了弹幕，没一会儿，屏幕就被弹幕遮得严严实实，上面全都是五颜六色的“沈兮”和“张云旗”，偶尔还飘过几条醒目的绿色的“周清和”。

镜头挨个扫过大家手里的卡片，轮到沈兮和张云旗时，镜头特意放大了几倍。

两个人手里的“7”明晃晃的，仿佛太阳一样耀眼。

弹幕沸腾了，铺天盖地的，连画面都看不到了。

沈兮僵硬地扯了扯嘴角，什么叫怕什么来什么，老天爷简直是故意为难她。

张云旗显然也有些意外，虽然他私心是想跟沈兮在一起，但是没想到心想事成了。知道“兴高采烈”这样的情绪不适合在此时表现出来，他绷着脸，跟她一样，看起来风轻云淡。

弹幕上又是大片的“红红火火，快看张云旗的耳朵尖都红了，还在那儿装镇定，太可爱了”等字句。

周清和气得直接拔了电视的插头，把遥控器朝桌上一扔，转头看见小杜正一脸意犹未尽地盯着已经黑了的电视屏幕，咳了一声。

小杜回神，见周清和的心情不佳，心知肚明原因是什么，当下做出一副嫌弃的模样：“这什么玩意儿这么难看。”

周清和一听更来气了。

小杜自知表现得不好，沉思片刻，迟疑道：“周总，如果我没记错的话，那个果园最近推广得很厉害，好像跟咱们有业务往来，我这就去落实一下。”

周家的业务线横跨了各个行业，但凡是能叫得出名儿的行业都少不了周家的身影。当然，各个企业也都因可以与周氏合作而感到自豪，毕竟周氏就是利润与诚信的保障。

很快，周氏负责农副产品线子公司的钱启就给周清和回了电话。

钱启当初大学刚毕业就在众多应聘者中杀出了一条血路，一举冲进了周氏，当时还是周正亲自过去面试的他。这么多年钱启的能力周正看在眼里，所以他有意扶持，再加上钱启自己也争气，不过十三年，钱启成功跻身周氏中层之列。

自从这条线交给钱启，上面长年不过问，如今小杜突然打电话询问，想到最近正火的《娱乐大自然》在果园开拍，稍微动了一下脑筋，钱启便想到一定是周清和有什么想法，他一番话说得得体："周总，那边的方案刚递到我这里，我看了看，觉得他们的办法可行，这两天正要去那边实地考察一下，有些事情我拿不准，正要请示您，还得麻烦您跟我一起去看看。"

如此，周清和果园之行便顺理成章地变成了因公考察。

周清和到达果园时已经是晚上七点多。

为了方便拍摄，节目组把嘉宾的住宿统一安排在了果园的宿舍楼，今天的日常拍摄工作已经完成，节目组还想拍些花絮，所以周清和的到来自然引起了大家的高度重视。

为了节目效果，总导演亲自去找了周清和，想征求他的意见拍摄些他的镜头作为节目的彩蛋。

起初，总导演以为周清和不会答应，毕竟人家是来谈正事的，所以当他忐忑地站在周清和面前，听周清和欣然应允之后，别说是总导演，整个节目组的工作人员都沸腾了。

节目组又匀出来一个机位给周清和。

出了屋，周清和远远便看到了那些摄像机，他仔细辨认了一下，没见到人群里有沈兮的影子。

周清和和沈兮的事，钱启有所了解，来之前他便做了功课，知道沈兮那组这会儿正在采摘园里拍摄，便笑道："周总，这儿的采摘园是特色，不如让负责人带我们去转转。”

毕竟有摄像组跟着，钱启的话既顾及了周清和的面子又说到了他的心里，周清和琢磨着下一步钱启可以来他的公司历练历练。

第九章

君子有九思

沈兮和张云旗还在摘着最后一筐苹果，因为沈兮喜欢的那套房装修价钱实在不便宜，所以她只能通过加班来获取额外的报酬。

9月的天气已经微微有些凉，由于她一心想着赚钱忙得不亦乐乎，所以整张脸看起来红扑扑的。

张云旗累得腰酸，他右手在脸边疯狂扇着风：“要不咱吃完饭再来摘吧。”

“你先回去吧，还有最后半棵树就摘完了。”她的声音被浓密的树枝挡住，有些含混不清。

张云旗无奈，对着镜头吐槽道：“这就是事业型女强人，女人真是太可怕了，真的。”

工作人员在镜头后面笑，不知道谁说了一句“周清和来了”，大家不约而同噤了声，而后一齐望向张云旗。

沈兮此时还在苹果树下摘得兴高采烈，张云旗表情有些僵硬地招呼了她一声："走了沈兮，有朋友来了。"

沈兮没听清他在说什么，直接不予理会。张云旗叹了口气，又说："周清和来了呀，你不去看看他吗？"

沈兮这下听清了，她手一抖，一个苹果砸下来，她下意识伸手去抓，整个人的重心偏离，脚下梯子一角离地，梯身开始摇晃起来。张云旗心里一紧，伸手正要扶梯子，却不料另一只手先他一步，稳稳撑住了梯子的一侧。

张云旗一愣，顺着那双骨节分明的手回头一看，正对上周清和不带任何感情色彩的眼。

"你来了。"张云旗有些尴尬地跟他打招呼。

周清和点点头，再一抬眼，正对上沈兮那一双雪白的腿。

沈兮皮肤白，一双又长又直的腿更是明晃晃地刺眼，偏偏她怕热，能不穿长衣长裤就尽量不穿。

想到张云旗这段时间天天可以看见这样的画面，周清和脸色当下变得不太自然起来。偏偏摄像机直对着他的脸，导致他想翻脸，条件却不允许，扶着梯身的手紧了一下，他说："现在天气有些凉，注意保暖。"

周清和给人的印象向来是风度翩翩，一副与世无争的优雅模样，但只有沈兮知道他私底下性格到底有多糟糕。听着他这一句听似关心实则语调都不太对的话，她的右眼皮跳了好几下。

她心虚地应了一声，弹幕上又是一片哀号。

【看样子沈兮的选择是周清和。之前我还觉得张云旗挺渣的，现在看看他也蛮可怜的，不过沈兮和周清和实力配一脸，期待早日官宣。】

【嗷嗷嗷，周清和太帅了！是不是看到张云旗不放心所以特意过来的！我的天啊，男友力 MAX，爱了爱了！】

周清和一直等着沈兮下来，怕她摔倒，他左手一直没离开过梯子，右手虚扶在她的后腰。等她站在平地之后，他才看见她一张脸通红，额角还挂着层汗。

直接从小杜那儿拿了纸巾递给她，周清和问：“累吗？”

镜头前的观众们看到这一幕都沸腾了，纷纷刷着“周清和冲呀”的弹幕。

沈兮捏着纸巾，有些不好意思地说：“还好。”

他会意，直接抽出纸巾替她擦了两下，然后把剩下的纸巾塞到她的口袋里，嘱咐道：“不要太拼了。”说完不等她答话，就跟着果园的负责人离开了。

晚上九点，拍摄工作彻底结束。大家累了一天，又加上明早五点就要起床拍摄，所以简单洗洗就爬上了床。

沈兮虽然累，但还是想泡一泡脚，纠结了好一会儿才端着盆去水房接水。

此时宿舍区静极了，屋里的灯都没亮着几盏，她有些害怕，不由得加快步伐，正要走过拐角，忽然被人拉住手臂拽到了宿舍区的背阴处，她的惊呼刚出来一半就被人捂了回去。

“是我。”

周清和此时像个没有感情的AI。

沈兮被禁锢在他的怀抱与墙壁之间，两人鼻息相闻，连彼此的睫毛都看得一清二楚。

沈兮的脸顿时烫得能煮开一锅土豆粉，虽然她很想一洗脚盆扣在他的头上，但是这气氛实在暧昧，她有些下不去手。

“你，你……”她尝试着去找话题。

周清和直接截断她的话：“我想你了。”

以前也想，但是感觉没这么强烈，他说着又向沈兮靠过去了些，察觉到身前的温热，他有些后悔当年两人谈恋爱时自己那么规矩。

沈兮的嘴唇是淡粉色，由于她刚洗漱完毕，那张淡粉色的嘴唇看起来饱满晶莹，周清和几乎是用尽了全身的力气才克制住一尝芳泽的冲动，他忍耐地拉开了两人的距离，轻轻将她耳边的碎发捋到耳后。

“我等你回来，快点来找我，好不好？”

节目上线的第一天因为周清和的这个彩蛋，导致在之后的几期节目里，但凡镜头给到沈兮，屏幕上便是铺天盖地的“什么时候跟周清和在一起”的弹幕，张云旗被周清和一衬托，变得毫无存在感起来。

在节目收官后的采访中，为了收视率，记者替大家问出了这个问题。

沈兮拿到的采访问题清单里没有这个问题，所以她被问得愣了一下，下意识道："我们只是朋友。"

说完心虚到全身颤抖，她有些怕周清和看到这段采访。

很显然，这个回答让广大的"稀粥"十分不满意，大家纷纷跑到沈兮的微博下面谴责她是不是玩弄周清和的感情，两个人明明看起来就不清白。

她有些无奈，自从参加了这档真人秀，她的微博粉丝涨了一百万，这一百万的粉丝又全都是冲着她和周清和来的，所以看着大家在评论下嚷得不可开交，一时也不知道该如何回应。

说到她和周清和，或许是他之前的那一番歪理起到了心理暗示的作用，她已经没有像之前那么排斥和他的接触了，两人的关系也比之前要靠近了那么一点点。但是有关于"在一起"的话，周清和除了那句让自己快点回来找他之外，再没提过其他。所以她当然不能大言不惭地告诉大家他们是情侣关系，虽然她的否认很苍白，在大家看来，他们早已经暗度陈仓，只是矫情不想承认罢了。

沈兮躺在沙发里看电视，《娱乐大自然》的收视率在各大网站排名均是第一，她的身价自然也跟着水涨船高，小日子过得也是风生水起，现在已经跻身十大网红之首，有时走在街上也会被人认出来然后请求合照或者签名。

沈兮的人生终于步入了正轨，她把手机扣在身边，盯着天花板发呆，这是不是就是传说中的“苦尽甘来”？

这厢，她沉浸在好日子即将到来的喜悦中，也因此将沈江风雨飘摇的人生衬托得更惨淡了些。沈兮火了，现在大街小巷的LED屏幕上播放的全是《娱乐大自然》的片段，胡子拉碴的沈江仰头看着硕大的屏幕，突然觉得电视里那个看起来眉清目秀的女孩自己都不认识了。

街上的行人匆匆走过，不时有人撞到沈江，他一个趔趄，头顶的帽子歪了些。现在的他负债累累，并且因为无力偿还欠款已经被列入失信人员名单，之前他为了补公司的窟窿还私下向人借了几百万，现在那些钱都打了水漂，债主通过各种渠道打探他的下落，他只能东躲西藏地过日子。

“沈兮真是一朝飞上枝头成了凤凰，你说，我现在要是进娱乐公司给人写软文，我能不能复制她的成功路？”

“你以为软文很好写吗？那可不单是吹捧自家艺人，还得抹黑对手公司，就你那智商，说个谎都圆不回来，你确定你能行？”

“我智商虽然不行，但是抹黑别人我最在行了。”

路上的行人十个里有七个都在讨论沈兮。

“你说，我现在在网上发文黑沈兮，会不会火？火了之后是不是就会有沈兮的黑粉花钱雇我专门黑沈兮了？”

沈江正要离开，闻言心思忽然一动。他看了那两个姑娘一眼，下意识地把帽檐压低了些，匆匆融入人流之中。

吃过晚饭，沈兮照例端着碗盘进到厨房，沈江的电话就是在这个时候打进来的。之前沈兮还担心他是不是出了什么事，此时一见他的号码，又觉得自己的担心完全多余了。

沈江倒是没有拖泥带水，一接起电话就说：“兮兮，你有空吗，我想跟你见一面。”

沈兮二话不说就要挂电话，沈江又忙道：“爸爸是真的有事，你不能见死不救啊，就十分钟，你只给我十分钟就行。”

沈江的态度不像之前那么强硬，或许是连日食不果腹的缘故，他的声音听起来有些虚弱，沈兮原本想狠心不理，手都放到了挂断键上，想了想，还是没能按下去。

父女两人约在一家苍蝇小馆见面，沈兮象征性地点了几道菜，门口的迎客铃响了一声，她一抬头，正见瘦得皮包骨头的沈江从门口进来。他多日未曾吃过一顿饱饭，这会儿一见桌上的饭菜，不自觉地咽了口唾沫。

风卷残云地把饭菜吃完，沈江连嘴都舍不得擦。

“说吧，叫我来什么事？”沈兮撇开脸，态度冷淡。

“兮兮，爸爸的公司破产了，你能给我拿点钱吗？”沈江有些忐忑地开口，“之前的钱我可以不要了，但是我现在真的很需要钱。”

“我没钱。”沈兮看着沈江，“如果你找我只是为了钱，那你可以走了。”

在奶奶去世后，她过的一直都是这样的日子，那时候怎么不见他这个做父亲的千方百计来找自己？别说现在自己没那么多钱，就算是有，她也不会拿一分钱。

沈江给她打电话时就已经预想到了她的态度，抱着破釜沉舟的心，他抓住了沈兮放在桌面上的手，想打亲情牌来感化她，却不想在他的手刚碰到她的手背，就被她无情地推开。

沈兮头皮一阵发麻，从座位上站起来：“没事的话我先走了。”

“沈兮！”沈江终于装不下去了，猛地一拍桌子，“你今天不给我拿钱，以后别后悔。”

沈兮冷哼一声：“现在该后悔的人是你。”

沈兮走后，沈江把剩下的小半碗米饭倒进菜汤里拌着吃了，既然沈兮现在不认他，他也没必要顾及旧情。之前那对路人给了沈江思路，现在她这么火，通过抹黑她而来博取流量或许是他翻身的最后机会。

沈江被自己编织出来的白日梦冲昏了头脑，从饭店回到出租屋的途中，他已经做好了计划。他准备断章取义，把沈兮如何想“霸占自己父亲的老宅”以及“在父亲走投无路的时候还讹了父亲一套五百万的房子”，还有两人之前吃饭时沈兮态度决绝的录音连带聊天记录全都发到了网上。

沈兮现在风头正盛，有关于她的消息总是特别容易引起人的注意。

很快，沈江发的这些帖子开始被人关注。

这些事作为导火索，又炸出了陶星遥的死忠粉以及那些爱跟风的墙头草，一时间，沈兮的微博下又开始了无尽的谩骂。

一切都在沈江的计划之中，因为他发的这几个帖子，有不少无人问津的十八线家庭伦理说和节目开始向沈江发出邀约。为了不让债主找到自己，沈江每上一个节目便换一个住处，虽然每天过得胆战心惊，但也因此获取了不少报酬。

沈兮再次被网暴，或许是一直以来都做好了眼前的一切美好随时都会消失殆尽的准备，所以这次她并没有感到任何的委屈与惊讶，倒是自从病好了之后一直不温不火的陶星遥发了一条微博约束了自家粉丝，算是表明了自己的立场。

沈兮像看笑话似的看着这些帖子，虽然发帖人是个什么个人信息都没有的新号，但光看内容她也知道账号的使用者是谁。看起来沈江是真的缺钱，连这样的招数他都想得出来。

今天正好是周日，她看完帖子准备出去买菜，刚一出门就见周清和从车库出来。最近周氏的珠宝线已经正式上线，由于这条线极受董事会的重视，所以所有事情都是他亲力亲为，他这段时间忙得脚不沾地，也没有精力去了解娱乐圈的事。这几天他与沈兮联系得少之又少，原本计划着等公司的事告一段落，他便找一天正式跟沈兮聊聊他们的私事，沈兮一直以来过得都太苦，他想，他要尽自己最大的能力去护她余生周全，却没想到由于这段时间他的疏忽导致了她再次被网络暴力。

好几天没看见她，周清和发现在她的面前自己的自控力越来越弱了，他现在只想把人紧紧拥进怀里。

周清和极力克制着自己的冲动，伸出去的手转而在沈兮的肩膀上拍了拍："这件事情我会解决的，给我一些时间。"

沈兮连忙摆手："没关系的，我自己可以解决。而且网络上的这点事真真假假，总有一天会过去的，他毕竟是我父亲，我也不想把他逼上绝路，就先这样吧。"

之前她被小三的事比这闹得大多了，她也过来了，事情总不会比那时候更糟。她一直对沈江抱有最后一丝希望，两人无论如何还有血缘关系，沈江再怎么样也不至于把自己逼死。

但事实证明，她把人性想得太美好，她的默不作声，导致沈江变本加厉。除了房子的事，为了博得大家的同情，沈江又开始拿她的奶奶和方洁大做文章，他直指沈兮的奶奶是被沈兮气死的，而沈兮工作之后，在有经济能力的情况下对落魄的妈妈不闻不问，甚至逼迫她同母异父的弟弟赵宪超退学。

沈江的帖子曝光之后，有不少看热闹不嫌事大的人为了求证事实，开始私下找寻方洁母子的下落。大家的目的很简单，就是为了打不仁不义不亲不孝的沈兮的脸，把她的岁月静好打破，让她道歉并永远活得生不如死。

当许文臣把帖子转发给沈兮看之后，她气得浑身直抖，沈江千不该万不该，不该拿她的奶奶说事，这是她无论如何都不能原谅的事。她随即给沈江打了个电话，那边显示号码是空号，她又试着找人根据帖子追踪沈江的定位，也是无果。

许文臣见她面色铁青，收了手机，说：“他发的这些不实言论转发量已经达到十几万次了，可以起诉他，这事交给我，你瞧好吧。”

许文臣着手起诉沈江的事。

另一边，周清和也没有闲着，这两天珠宝这条线的各种事宜已经尘埃落定，所有方案均已上线，他终于有了喘息的机会。

小杜在一边整理着合同，回头见周清和站在窗前休息，这才敢说话：“周总，刚才那边回话说已经找到沈江了，咱们的人一直在跟着，您晚上要不要过去看看？”

光可鉴人的窗户上映出周清和清俊的脸，他定定看着夕阳余晖：“相比之下，他的那些债主可能更期待见到他。”

周清和办事向来手腕强硬，这也是这么多年他虽然年轻却没有人敢在他面前倚老卖老的原因。

小杜领会了他的意思，刚要着手去落实，又听他叫住了自己：“对了，明天帮我定一个场地，再帮我准备几样东西。”

晚些时候，周清和直接开车去到了沈江的住处，那地方比起方洁的原住处还不如，方洁的房子好歹还有门和墙壁，而他的藏身之处四面漏风，所谓的“墙”也不过是几块塑料布。

周清和到时，沈江正被人堵在角落里，那些债主看起来情绪激动，有几个人话还没等说完，直接推搡起他来。

周清和熄了火，点燃一支烟，惬意地在一边看着好戏。

不知道沈江说了什么，那些人一拥而上，把他给修理得不轻，他躺在地上装死，最后众人没有办法，从他身上翻出了几张他之前以别人的名义办的银行卡，这才作鸟兽散。

沈江躺在地上久久没有起身，他捂着脸状似哭泣，又好像是在笑。这段日子他手机不敢用，甚至人多的地方都不敢去，像一只丧家犬一样东躲西藏，都藏到了这处废品回收站，居然也被人找到了，他坚信这不是偶然，一定是有人在故意整他。再往细了分析，有能力查到他的住处又与他有过节的人，这人一定是沈兮，一定是她让周清和来找自己的。

沈江忽然从地上爬起来，他神情变得惶恐，他紧紧捂着脑袋，眼神慌乱地向四处瞟，周清和，周清和说不定会杀了他，他不能这么坐以待毙，绝对不能。

周清和回到小区时已经是晚上九点，抬头一看沈兮家还亮着灯，他心里一软，突然有些迫不及待地想见到她。

沈兮这会儿还没休息，她在看沈江发的帖子下面的评论，不为别的，她也想知道方洁去哪儿了。这么长时间过去了，方洁一直没跟她联系过，这实在不合常理，就以赵宪超的那种花钱方式，方洁一个人根本吃不消。

周清和进屋之后，不经意看到了她的平板电脑上的内容，他挑眉：“你想见她？”

沈兮犹豫了一下：“也不是想见她，只是想确认一下她过得好不好。”

“需要我帮你找一下吗？”他看着她。

当初他跟赵宪超做了一笔交易，赵宪超可以爆周清和让他爆的料，但是爆料之后，他就带着方洁离开，除非是沈兮想见方洁，不然这辈子他们两个都不要再出现在她面前。当然，每个月周清和都会打给方洁一笔钱维持他们的生活。

沈兮知道以周清和的能力，找到方洁是分分钟的事，但是她突然胆怯了。

她想了想，说：“还是算了。我的手机号码一直没换，如果她想联系我会联系到的，如果她只想带着赵宪超安静地生活，我打扰她也很没有必要。”

周清和听出她话语间的失落，抬手揉了揉她的头发：“别想那些不开心的事情了，这周六有时间吗？”

最近她又被推到风口浪尖，为了她的人身安全着想，王权直接让她在家办公，所以她二十四小时都很闲。

“有啊，怎么了？”沈兮见周清和眼底带着笑，心突然提了起来，“你……”

“听话，这两天在家好好休息，周六我带你去一个地方。”周清和试探性地拉过她的手，见她没反抗，又得寸进尺地捏了捏，“我有事跟你说，那天一定要空出时间来乖乖等我。”

周清和打算直接跟沈兮求婚，但由于实战经验不足，他还是决定听听身边那帮狐朋狗友的意见。

在群视频之后，杨炀闻言第一个跳出来反对：“周清和你脑袋让驴踢了？走你都还没学会，你倒是想先跑了？人家沈兮跟你是什么关系就得跟你结婚啊？真是太不要脸了，这年轻人，真是没眼看。”

周清和被杨炀怼了，淡定地挂了视频，直接开车去了他家。

到了目的地的第一件事就是把人堵在屋子里暴揍了一顿，然后他拍拍手上的灰，在杨炀的床上一坐：“来，你当面跟我说。”

杨炀鼻青脸肿地躲在床和窗台的缝隙里，只露出一双眼睛看着周清和，依然有底气嚷嚷：“那本来就是这么回事，你以为是上学跳级呢？”

周清和又要冲过去揍他一顿，他立马把头缩回去：“啊！别打了别打了。”

周清和提着拳头问：“那你给出个主意，我想进度快一些。”

“这玩意儿进度再快你也不能直接省略步骤啊，要不这样，你先跟她告白，然后过几天直接跟她求婚，反正你们两个郎有情妾有意的，结婚是早晚的事。”

这话算是说到了周清和的心坎里，他难得看杨炀顺眼了些。

“我已经订好了地方，这两天你们过来给我打打下手，我想亲手布置场地。”

周清和这棵铁树终于要开花，他的几个发小可谓是极其重视这件事，这几天群里讨论的全都是周清和要表白的话题。

“咱们大老爷们哪儿懂得这些玩意儿啊，这事还得问陶星遥。”

有人特意 @ 了陶星遥，@ 完之后，群里沉默了。

陶星遥的新戏这几天正要杀青，所以行程有些紧，等她忙完了工作去看手机时，已经是第二天下午。

经历了这么多的事，有些执念她已经放下了，先前是她自己没能珍惜周清和，所以有些事怪不到别人头上，更何况沈兮当初还救了自己，周清和则是在她疯疯癫癫的时候顶住各方压力尽心照顾，所以她应该知足了。

从庆功宴出来，陶星遥给周清和打了个电话。

彼时周清和正在酒店布置告白现场，他说：“你忙完了没有，忙完了赶紧回来帮我看看怎么布置合适。”

陶星遥原以为两人的通话会很尴尬，万万没想到他如此轻巧地化解了那些让人难以启齿的过往。她轻笑了一声："知道了，我明天就回去了，你们布置得慢点，别弄得太难看了到时候改都不好改。"

因为现场布置的事，周清和时常不见人影，有时沈兮早上给他发微信，他到中午才回一两句。一回两回还好，可连续三天，他都是这样的情况，沈兮问他原因他也避而不答，她一气之下，不再搭理他。

这段时间公司又签了几个新人，整个部门都在制订着宣传计划，沈兮虽然人在家中，但也不清闲，她很快把全部精力投入到工作当中，没有多余的时间去想周清和最近行为异常的原因。

星期四的时候，王权给沈兮打了个电话，因为最近公司签的新人有一个最近卷入了第三者丑闻中，偏偏男方还是个有头有脸的人物，这事有些棘手，所以即便她不方便，也要克服困难来公司一趟。

为了避免出问题，周四那天沈兮特意提早出门，刚出楼道就见周清和的车从小区外面拐进来。她脚步一顿，下意识地快走两步躲到了球状树丛后面。

很快，有脚步声从车库方向传来，除了皮鞋踩在砖板上的沉闷声响外，另一双高跟鞋的"嗒嗒"声更明显。

周清和一脸疲惫，他边走边活动着脖颈，陶星遥跟在他的身边，两人边走边交谈。

陶星遥:“这种事本来就很辛苦，你以前也没做过，但是没办法，你克服一下吧。”

周清和应了一声：“你看看还缺什么，我带你去买。”

陶星遥点头：“都按照我的意思来呗？”

周清和：“不然呢？”

两人从沈兮身边路过，由于交谈得太投入，谁都没有发现树丛后面还站着个人。

说到底是二十多年的朋友，即便之前两人曾出过嫌隙，转眼之间矛盾也能化解。沈兮垂在身侧的手蓦然攥紧，前两天她就听说了陶星遥回来的事，再仔细想想，就是从陶星遥回来之后，周清和开始变得忙了起来。见两人姿态亲昵，言语又不清不楚的，沈兮不想费心去猜测两人现在的关系，只是突然觉得这样凡事都要靠猜过日子挺无趣的，在她想着他的日子里，他一直跟另一个女人在一起，这是什么苦情女配的戏码？她不接受，她就想等到周六的时候看看周清和到底要做什么，如果他真的朝三暮四的话，这样的人渣她不要也罢。

被沈兮念叨着，周清和接连打了好几个喷嚏，陶星遥嫌弃地躲到了一边：“你是不是感冒了？我过两天还有节目要上，你别把我传染了。”

周清和瞪了她一眼：“爱待待，不待出去。”

两人说话的工夫，杨炀带着U盘上气不接下气地进了屋，他把东西朝周清和的桌上一扔，不满道：“八百年前的东西也让我去找，就为了你俩那些破合照，我求了多少人才找到。再说了，你俩那算什么合照，那充其量只能算同框。”杨炀渴得嗓子冒烟，“我以前怎么没发现你是个痴情种呢？你是什么纯情小少男吗？”

周清和想在当天把他和沈兮相识以来的所有照片都投放到LED屏上，而有些合照只能回到学校找相关负责人才能找到，偏偏那些负责人调走的调走，退休的退休，杨炀费了好大力气才把事办成。

周清和在他肩膀上拍了两下，知道他的辛苦，周清和难得和颜悦色道：“以后你也可以这么使唤我。”反正我不答应就完了。

转眼就到了周六，周清和的场地已布置完成。为了确保万无一失，上午的时候，周清和、杨炀与陶星遥等人提前去彩排了一下。

周清和包了万莱国际酒店的整个顶层，从出电梯开始，红毯便铺满了鲜花，花路延伸到宴会厅，亭中的灯光打得很暗，屋顶的LED屏上是一条闪烁的星河，整个厅以沈兮最喜欢的星空为主题，大厅的四面坠以同款星星，一双交颈天鹅优雅地立于大厅正中间。

周清和站在星空之下，仿佛身临其境。

杨炀是第一次看见这样的场景，惊得好像刚进大观园的刘姥姥，他这儿摸一下那儿蹭一下，感叹道：“老周，我觉得别说是要沈兮答应做你女朋友，我觉得你要是求她跟你现场生个孩子她都会答应。”

“滚。”周清和没好气地瞪了他一眼。

陶星遥从刚才就想骂杨炀了，这会儿听周清和抢了自己的台词，顿觉暗爽。她伸手搡开杨炀，问周清和：“你准备什么时候去接沈兮？”

周清和低头看了眼表：“晚上，现在太早了。”

杨炀不气馁地插话：“时间正好，哥几个也都没吃饭呢，给你布置了小一周，你不准备请哥儿几个吃个饭？”

反正时间还早，周清和原本也有此打算，只是他没理杨炀，转头问陶星遥：“想吃什么？”

陶星遥见杨炀气得直喘粗气，难得对他慈悲了一回：“就听那只羊的吧。”

为了打击报复周清和，杨炀特意选了个贵的饭店，进屋时还招呼着一众发小：“往死了给我吃，今天不把他吃破产了都对不起咱这交情。不过话说回来了，整个依云就这家店贵，怎么着，这家的食材是镶金的啊？”

一直没说话的陶星遥终于忍不住朝他后脑勺掴了一下：“这是我家新开的，你有意见吗？就是镶金了，怎么着啊？”

杨炀吃了哑巴亏，害怕陶星遥当场解决了自己，他极力往回圆：“我就说怎么那些明星大腕儿都来这家店，感情是我陶姐家的店，那很值得啊，一点不亏。”

走在最前面的周清和闻言看了杨炀一眼，在杨炀看来，这眼神非常有深度，深得他有点儿心虚。他忙收回视线，假装没事人一样揉了揉耳朵，转身时不当心碰到陶星遥的胳膊，像是触电一般立马弹开。

酒店刚开没多久，今天凑巧陶家铭夫妻二人也在自家店招待客人，听闻周清和和杨炀几个人过来吃饭，陶家铭特意来包间看了一眼。

因为晚上还要接沈兮，满桌的人只有周清和没有喝酒，众人吃完饭往外走，正看见陶家铭让司机去送客人。

“陶叔。”众人纷纷跟陶家铭打招呼。

陶家铭朗笑着应了一众人，然后道：“都喝酒了吧？回家都注意点。”

陶星遥看了自己的老爸一眼：“您不回家吗？”

“我等小肖回来再走，不用管我，你们先走吧。”

酒店对街的拐角处，有几个人鬼鬼祟祟地举着单反对着酒店门口调整着角度。

从镜头里看，周清和和陶星遥手挽手站在一起正在跟陶家铭谈笑风生，一番翁婿和谐的有爱画面。

“我都有点替那个沈兮鸣不平了，这个周清和到底怎么回事？”狗仔一表示很不满。

狗仔二附和：“沈兮和陶星遥都是极品，谁给我做女朋友我都同意，怎么这个周清和这么不知道满足？”

狗仔一朝地上吐了口唾沫，余光里瞥见身边停着一辆临近报废期的捷达车。他用手肘拐了同伴一下，下巴冲着捷达抬了抬：“看见没？同行，咱得快点回去交差，别被人抢了头条。”

两人匆忙拍了几张高清照片便回了公司，生怕新鲜的独家被人抢了，殊不知那捷达车里坐的根本不是同行，而是神智时好时坏的沈江。

沈江这几天全靠在垃圾桶里翻找残羹冷炙度日，身上的异味隔着十里便能闻到。由于好几天没有洗澡的缘故，他的头发全都黏到了一起，再也不见乡镇企业家的风度。他此时坐在车里，眼神惶恐地透过头发的缝隙去看门口的周清和，偶尔见周清和的视线扫过来，他又惊恐地钻到方向盘下面。

这辆车是他精神状态好时从黑市买的，钱是他之前藏在内裤里仅剩下的钱。沈江做贼似的在车中左顾右盼，眼珠四处乱瞟，好像身边有人一样自言自语：“撞死他！撞死他！”

马路对面，陶星遥一家坐上了周清和的车。

沈江见状，忙挂了挡跟了上去。

另一边，沈兮在家等着周清和的电话，越是临近约定的时间，她就越紧张。

她整个人坐立难安，心几乎提到了嗓子眼，为了分散自己的注意力，她开始在屋子里踱着步。

手机一反常态地安静，沈兮想了想，还是决定给周清和打个电话，一唤醒屏幕，首先映入眼帘的是微博推送的一条消息，上面写着“周清和与陶星遥疑似好事将近”。

沈兮一整天都狂跳不已的心这会儿却诡异地安静下来，血液在一瞬间变得冰冷。

她抖着手点开微博，看见照片里周清和和陶星遥姿态亲昵地站在酒店门口，跟两人站在一起的是陶星遥的母亲以及周清和的发小们。平心而论，照片与配文很配，周清和日渐冷淡这会儿也找到了原因。

沈兮长长地舒了口气，所以她到底还在期待着什么？期待着周清和于漫天星光中向自己走来，执起自己的手坚定地对她说喜欢她爱她？这实在有点不要脸了。

她死死咬着嘴唇，如果周清和此时站在她面前，她非一嘴巴抽的他找不到北，但偏偏他不在，他此时在另一个女人身边。

冷静下来后，她还是给周清和打了个电话，在娱乐圈里也浸淫了多年，本身又受过迫害，所以也明白有些事必须求证当事人。

电话很快接通，沈兮还没等说话就听周清和道：“我晚点儿再打给你。”

连喘气的机会都没留给她，周清和便挂断了电话。她在落地窗前站了良久，替周清和找了诸多借口，但最后，她还是想不通。

沈兮一直等到晚上八点，连太阳的最后一丝余晖都消失在地平线，周清和所谓的“晚点打给你”也没有兑现。她揉了揉有些麻木的眼眶，在跟王权以身体不适请了长假后，简单地收拾了几件衣服便去了机场，她这次出行没有计划也没有目的地，她只是想走远点，越远越好。

依云是一线城市，这里的航班昼夜不停，沈兮随手买了张可以最快时间飞走的航班的机票，登机之后直接把手机关了机。

第十章 -

藏进你心里

沈兮来到了沿海城市长青市，这里以啤酒与海鲜著名，她来得正是时候，这个季节的海鲜最是肥美。找了家民宿住下，又办了张临时电话卡，她一直压抑着的心情这才微微好转了些。

以前奶奶在世时，她总想着等有钱了就带她老人家各处去转转，只是计划没有变化快，到最后，还是她孤身一人在人生的洪流中挣扎着。

这次出门，她请了三个月的假，身上带的资金也并不充足。其实早在刚一落地时，她整个人就清醒了过来，看着手里一千八百元的机票，想到淡季时两百多块钱就可以买到，她心疼得不行，好在此时是旅游旺季，啤酒屋忙不过来需要招人，所以一切损失都还可以补救。

在出门时她已经计划好了，这三个月她可以在这边打工赚钱，这样又能放松，经济来源又不间断，可以说是一举两得。

这段时间夜市刚好在举办啤酒节，她顺着烟雾之下灯火通明的夜市一路向前逛，街上行人络绎不绝，各个摊位的香味混在了一起，有些刺鼻。她艰难地在人群的夹缝中穿行，在快被挤成肉饼时，终于找到了一家看起来干净的啤酒屋。

这家啤酒屋的老板是东北人，看见她之后，热情地把人请了进去。

“姑娘一个人来的？”过来点菜时，老板娘热情地跟她攀谈，“那你别点太多，一个人吃不了。”

沈兮有些局促地点头，随手翻了几页菜单，点了份一人量的海鲜小咖。见老板娘要走，她忙把人叫住，问：“阿姨，您这儿还招人吗？”

老板娘回头打量她，然后笑道：“小姑娘你别开玩笑，你这横看竖看也不像打工的人。”

沈兮笑得有些僵硬：“我确实需要找一份工作。”

老板娘见她不像是说笑，神色也认真起来：“我们家招小时工，一个小时四十块钱，但是招服务员，姑娘你确定你能干这活儿？这活儿可累啊。”

以前上学的时候沈兮常常去给人端盘子，所以在服务行业来说，她也算是老人了。她胸有成竹道：“您可以先试用我几天，觉得可以的话我再正式上岗。”

打工的事就这么敲定了下来，沈兮每晚六点之后去上班，一直做到半夜再回民宿，白天便四处闲逛游玩。

这天，她照例去到啤酒屋，一进屋却发现老板娘两口子没在店里，吧台里取而代之坐着的是一个年轻的男人，男人看起来也就三十岁左右，剑眉朗目的，异常英俊。

看见沈兮之后，男人愣了一下，继而反应过来，他起身跟她握手：“你好，我叫敖星文，是这家店老板的儿子。你就是我母亲前两天请来帮忙的沈兮吧？”

沈兮忙伸出手跟人家握了一下：“对，我是。”

“这两天我父亲和母亲有事回老家，店里人手不够，有些事还得麻烦你多费心了。”

两人正说着话，门口已经有客人陆续进屋，想来老板一家在这片的口碑不错，大家进屋时纷纷主动跟敖星文打招呼。沈兮见插不上话，便手脚麻利地开始在桌上摆餐具。

沈兮是生面孔，有老顾客见状，小声问敖星文：“这是你小女朋友吗？”

敖星文笑起来时双眼弯成一轮月牙，他说：“董叔您可真是太抬举我了。”说完回头看在邻桌点菜的沈兮，微微叹了口气，如果她真是自己女朋友那该有多好。

店里的客人一波接着一波，客流巅峰时外面等桌的人就要排到街上去，沈兮已经尽力加速翻台但仍然赶不上顾客进屋的速度。忙到后半夜，她累得坐在椅子里，果然忙治百病，什么周清和、陶星遥，已经完全不在她的考虑范围之内，她只想赶紧把桌子擦干净迎接下一桌客人。

敖星文从冰柜里拿出一瓶当地特产的汽水，启开瓶盖后递给她，笑说：“辛苦了，这个季节旅游的人多，我爸妈不在的这几天每小时我再给你加二十元。”

沈兮也不顾什么形象不形象，接过来就灌了一大口，然后呛得胸腔几乎爆炸。敖星文被她捶着胸口的模样逗笑，却又怕她尴尬不敢笑得太明显。

“你现在住哪里？我送你回去。”

沈兮住的地方就在啤酒屋的对面，这个时间段街上的行人还很多，所以她不想给人添麻烦。正要拒绝，就见敖星文已经自顾自向外走，昏黄的路灯灯光打在他的身上，有那么一瞬间，沈兮还以为是周清和站在那儿。

回到民宿，沈兮洗了个澡，然后坐在床上看长青市的旅游手册。

那天落地之后，她把手机里所有的APP都卸载掉了，突然觉得可用的时间多了不少，之前的手机号已经关机，新号她没有告诉任何人，所以不担心会被谁打扰。过惯了这样简单且有规律的日子，再一想到她之前过的日子，她突然有些抵触。

长青的房价比依云的要便宜很多，她开始考虑起把依云的房子卖了然后移居到长青生活的事。想得正出神，手机忽然响了一声，她一看，是敖星文发来的短信，是询问她明天的行程，还说如果她没有请导游的话，他可以免费充当几天她的导游，只是不太专业而已，但是绝对不坑人。

不知道是不是因为敖星文有些像周清和的原因，沈兮跟他接触时并不觉得生分，而且她每天确实像一只无头苍蝇那般随处乱窜，有个人带着自己倒也不错。

依云市。

周清和看着屏幕上沈兮和敖星文一起出游的照片，长臂一挥，直接把电脑推到了地上。小杜在门外听着屋里的那声闷响，吓得不敢进屋。

这几天依云市发生的事情太多，当天周清和几人从酒店出来后送陶家铭一家回家，路上突然遭遇车祸，尽管他已经以最快的速度避开那辆直奔他而来的捷达，但车祸还是发生了。

他左手小臂受伤严重，虽然处理及时，但现在整条手臂依然没有感觉；坐在左后座的陶家铭则是颅脑重度损伤，一周过去了人还没有出ICU；陶星遥的母亲当时被甩出车外，又被后方驶来的车碾压到了右腿，虽然没有生命危险，但想保住右腿恐怕不现实。一车四人，除了陶星遥右侧肋骨骨折受伤较轻之外，其他人的伤势都不轻。

这场车祸相当惨烈，周清和的车侧翻在一旁的绿化带，而那辆捷达车当场分解，驾驶员死状惨烈。后来，经过警方调查，证实了当场去世的司机是沈江，而这起车祸，是一场有预谋的恶性事故。

周清和在屋里来回踱着步子，整个人烦躁不堪。

陶星遥一家因他而受牵连，所以在事情妥善处理之前他没法把没有经受过挫折的她扔下不管。当时沈兮给他打电话时，他正在配合警方处理现场，等他忙完再打过去时，对面已经关了机。他不顾还没仔细处理伤口的胳膊，直接去了沈兮的家，却被告知她已经把房子退了，再给王权打电话，又发现她请了长假。

周清和不知道该怎么去形容当时的感觉，他心里乱成了一团。

在得知沈兮离开之后，周清和让人去到市里的各交通枢纽站、火车站以及机场去查监控，最后终于得知她去了长青市。

虽然过程有诸多艰辛，但好歹能找到人，他脑中紧绷的弦终于放松了一些，再然后，人便晕了过去。

自从得知了沈兮的下落，周清和就一直派人跟着她，并让那边的人及时反馈她的消息给他。

起初的几天她看起来很憔悴，虽然白天都在外面闲逛，但是心情依旧不好。周清和看着照片里她日渐消瘦的脸，心疼得揪到了一起，这几天陶家铭的生命体征平稳了不少，医生说只要能从ICU出来，人就能保住。他想，不差这几天了，再等等，等陶家铭出了ICU他就去找她，但他万万没想到这一等居然等到他媳妇爬墙了。

自从照片里出现了这个男人之后，她脸上的笑容明显多了起来，更让他生气的是，这个男人和她几乎二十四小时在一起，周清和气得眼冒金星。

“小杜，跟那边联系一下，我明天就过去。”

这几天周清和让人把沈兮看紧一点，长青这边的人没能领会他的核心意思，以为他是怕沈兮跑了，所以个儿顶个儿开始紧张起来，跟的距离比平时近了不少。

沈兮少时学过武，对于身边的风吹草动总是特别敏感。这天，敖星文把她带到一处著名风景区参观，她下车之后下意识向后扫了一眼，不远处，周清和派来的那些人忙回头对着景区的墙壁，一副路人甲的样子。

她皱眉，本能地觉得那些人形迹可疑，但怕打草惊蛇，她装作浑然不觉。

刚进景区，敖星文去一边接了个电话，片刻之后，他匆匆跑过来。

“不好意思啊沈兮，工商局的人过来检查，我需要过去看一下，可能没办法陪你逛了。”

沈兮连忙摆手：“没关系，你先忙正事，我一会儿能找回去的。”

敖星文懊恼地搔了搔头，好几次欲言又止，最后才说：“好，那有事你要给我打电话啊。”

敖星文一走，身后的那伙儿人跟得明显更近了一些，此时已近傍晚，除去浴场，其他建筑群里的游客已经不多，为防不测，沈兮一路向浴场走，她不时用余光观察着身后的情况，那些人始终跟她保持着不远不近的距离，走到最后，她几乎是小跑起来。只见她的身影如同泥鳅一般在人群中穿梭，没一会儿就将身后的那群人甩开。

走到浴场的一角，确定那伙儿人已经不见了踪影，沈兮这才擦了把头上的汗，就地坐下休息。刚才走得太急，岸边的细沙灌了一鞋，她一边倒着鞋里的沙子一边想，那些人到底是谁？她在长青根本没有认识的人，更谈不上得罪谁，所以那伙儿人是不是认错人了？又或者是那些人是陶星遥的死忠粉？

想到陶星遥，她刚刚好转的心情又阴沉了不少。这些天她不看电视不玩手机，脱离了电子娱乐的生活快乐得险些让她忘记她迟早都要回去重新面对现实。

“听说肇事者是沈兮的父亲呢。”

于万千嘈杂的声音中，一句话精准地传入沈兮的耳朵，她穿鞋的动作一僵，脊背挺得笔直。

“你说什么仇什么怨啊，宁愿搭上自己的性命也要跟周清和同归于尽。”

“是不是因为沈兮？那会儿陶星遥一家不是也在车上吗？我觉得可能是周清和把沈兮耍了，所以她爸爸决定搞死周清和，这样就很合理啊。”

“可是还有人说当天周清和是订好了场地准备跟沈兮告白的，陶星遥只是去帮忙而已。唉，谁知道呢，不过沈兮这段时间还真是安静啊，会不会是自杀了？”

沈兮越听越觉得不对劲，刚才说话的那两个姑娘此时已经起身远走，她忙从地上爬起来跟上去。

没察觉到身后有人跟着，再加上浴场上人们的声音实在太嘈杂，两人一路几乎是高谈阔论，沈兮跌跌撞撞跟了一路，总算将事情听个八九不离十。

沈江死了。

在接收到这个消息时，她有些失神，虽然即便他活着于她而言也等同于无，可是他不在了，她又觉得胸口处有些空荡荡的。

想到沈江的死因，她又记起刚才那两个人提到的周清和的伤势，她忙站起身，她要回去找周清和，她要他亲自把事情的来龙去脉告诉自己。

去到店里的时候敖星文还没回来，来不及当面告别，沈兮只好以电话形式跟他说一声再见。

一路上，她精神恍惚，出了机场打车的时候无意识走到了路中间。

“嘀嘀。”

汽车尖锐的鸣笛声以及刺耳的刹车声响起在耳边，手腕忽然缠上一股力道，等回过神时，她已经被拉到了安全区域。

她惊魂未定，一抬头，正对上一双含怒的眼睛。

“你不会好好看路？”周清和右手紧攥成拳，耳边都是自己剧烈的心跳声。

刚才车差点就撞到了她，他有多害怕就有多想拥她进怀中，但是现在时机不成熟，他不能那么做。

一看到他，一直被沈兮压在心里的恐惧仿佛被放开的弹簧，无限高涨。

“你没事吧？”沈兮说了一句话之后就不知道该怎么继续开口。

“没事。”周清和在她手背上轻轻拍了拍，想了想，说道，“你父亲的后事已经料理妥当了。”

虽然沈江落得这个下场是罪有应得，可无论如何他是沈兮的父亲，周清和还是为他处理了后事。

“谢谢。”沈兮道谢后没再说话。

周清和自然地接过她的行李：“走吧，先送你回家。”

“你的伤真的没事？”沈兮一直惦记着他的伤势，“我听说……”

周清和打断她的话：“差点死了，还算你有点良心知道回来看看我。”

沈兮刚刚稳定住的心情又变得忐忑起来。她眼底充斥着不安，周清和见状暗暗后悔，自己不该跟她撒气，正要开口哄一哄，听她又说：“所以到底发生了什么？是他开车撞了你们的车，陶星遥的父母也受伤了，对吗？”

“嗯，如果你想去探望的话，等你休息好了我带你去。”

他想过一千种一万种见到沈兮之后狠狠骂她一顿的画面，但真当见到了人，他什么重话都说不出。

毕竟是自己的父亲造下的孽，沈兮没有休息，放好了行李后第一件事就是去医院探望陶家人。

她买了好些东西提到医院，陶家铭不允许被探望，所以她直接去了陶母的病房，进屋时，见陶星遥正在跟母亲说话。经过一段时间的调养，陶母的伤势逐渐稳定，只是对于这样的家庭来说，失去一条腿是比失去生命还要被难以接受的事情。

见到沈兮来了，陶母毫不掩饰眼中的冷意，她转过脸，摆明了不欢迎。

“阿姨。”出于礼貌，沈兮叫了人，“我来看看您。”

“滚出去。”在听到沈兮的话后，陶母的情绪忽然激动起来，她疯了一般捶着床，大喊大叫，“滚！你给我滚！让她出去！我不想看到她！”

床头的心脏监测仪器发出刺耳的报警声，怕母亲出什么事，陶星遥忙叫了护士过来。

沈兮被人流挤到了角落，觉得自己的处境十分尴尬。

护士开始清人：“病人情绪很激动，你们跟她说什么了？不是特意告诉过让她静养吗，你们先出去。”

沈兮知道自己不受欢迎，放下果篮正要离开，忽然被陶星遥叫住了。

“你跟我出来一下。”陶星遥看了她一眼。

陶星遥的腿上还打着石膏，走起路来很是不方便，沈兮怕她摔倒，下意识想去扶她，被她礼貌拒绝。

“我要适应一下这样的日子，说不定往后我要一直这么走路。”

沈兮没接话。

“其实你不用过来，你也看到了，我妈不是很喜欢你。”陶星遥说话还算是委婉，“其实我的理智告诉我这一切与你无关，但他是你父亲，所以尽管我很想平心静气地面对你，我还是做不到。”陶星遥站在花坛边看着蔚蓝的天空上云卷云舒，“其实你也不必自责，你救过我，这次的事情就当是我还你的人情，虽然代价惨重，但是事已至此，我也不想多说什么，只是……以后你不要再出现在我们家的视线范围内了，这是你能帮到我们家的最大的忙，因为一看到你，我们就会想起那天的噩梦。”

从刚才起，沈兮就想反驳，只是考虑到尊重伤者，她这会儿不想跟她起任何争执，只应了声好。

周清和在医院的大门口等着沈兮。

见她蔫头耷脑地出来就知道她探望的结果不尽如人意，等她靠近，他一眼就看到她烦躁地皱着眉，想必刚才又发生了不愉快，他有点心疼，等她上车之后，轻轻抚了下她的头。

“都过去了。”他说，“觉得生气可以发泄出来，我在。”

沈兮依然低着头：“我一直觉得我没做错什么，包括现在也是。”

不过陶星遥说得对，如果她可以再不出现，那可能是对他们最大的安慰。

“我已经联系了这方面的专家，后续他们会商讨出一个最合适陶叔的诊治方案，听说他这种情况的康复率会达到百分之八十以上，我们期待好消息，好吗？”

至于陶星遥的母亲，她的情况已经是不可逆转，在征得陶星遥的同意后，他联系了义肢公司为她量身定做仿真义肢，后期磨合好后，从外表上很难看出她的腿是义肢。

“我订了明天的机票，我们出去散散心，可以吗？”

这座城市的风言风语实在太多，这也是他之前没有着急让她回来的原因，他想，离开是目前对于她来说最好的选择。

知道沈兮喜欢风景如画的地方，周清和特意休了长假，带她去了趟云南。

一路上两人都极有默契地没有提那些往事，好像是初相识那般，只是认真欣赏着沿途风景。

这么一路两人走走停停，不知不觉过了月余，沈兮在地图上看来看去，把最后一站留给了西双版纳。

这个季节刚好赶上泼水节，街上聚集着五湖四海的游客，大家互相朝对方身上泼着水，脸上洋溢着在日常中绝不会看到的发自真心的笑。

像是被这笑容感染到，沈兮的心微微好受了些。

一阵凉意忽然爬满了脸颊，沈兮回头，看见一个两三岁的小女孩正拿着自己的红色小水桶咯咯直笑。见她看过来，小女孩挥着肉乎乎的小手向她打招呼：“漂亮姐姐，你被我的水泼到了哟，你会幸福的。”

小女孩的妈妈在一边看着沈兮，眉眼间荡着跟小女孩一样的开心笑容。

沈兮也跟着笑了起来。

周清和看到她脸上久违的笑容，默默牵起她的手，她回握住他，两人从街头逛到街尾，清清爽爽地出去，等再回到客栈时，身上的衣服被水泼得湿透。

“累不累？晚上有篝火晚会，如果累了的话，我们明天再看。”这次两人出行，小杜已经做好了攻略，当时瞧他那副认真的架势，周清和险些以为跟自己出去玩的人是他。

“好。”沈兮现在只想在人多的地方待着。

这边的天黑得很晚，晚上八点已过，太阳才缓缓藏匿于山野之下。

两人出去时，火堆旁已经围满了人群，费了好大的劲，他们才站稳脚跟。

景区的工作人员正在篝火旁载歌载舞，观看表演的游客也自觉地围成一个圈，大家互相挽着身边人的手臂，一个巨型的圆圈缓慢开始移动，大家随着工作人员的指令略显笨拙地跳着、唱着。

一曲罢，沈兮身上微微出了汗。

“我……”她下意识地跟身边的周清和说话，一转头却发现一直被自己挽着的人是个身材苗条且高的小姑娘，哪里还有周清和的人影？

一阵更高的欢呼声突然从另一边传来，惹得不少爱热闹的游客纷纷去往那边。人实在太多，沈兮无法抽身，只能随大流一起涌向那边。

到了近前，沈兮发现这也是一处盛大的篝火堆，不同于真正的火堆，这处是用蜡烛摆成的爱心形状，在火堆旁还铺满了红色的玫瑰花瓣。

麦克风试音声忽然响起在四面八方，大家纷纷抬头看音响。

“沈兮。”

周清和的声音从音响里传了出来，在夜里听着格外低沉。

沈兮心漏跳一拍，她环顾四周，找着控制室的影子。

“我知道对于我们来说现在可能不是一个很好的时机，但是我想照顾你一生的心意从未变过，所以，今天我想请大家为我做个见证。”

现场变得鸦雀无声，大家不约而同地安静下来，纷纷掏出手机开始录视频。

“你站在原地不要动，我这就来找你。”

不知道是谁带头吹了一声口哨，紧接着起哄声宛若浪潮般此起彼伏。

“那儿呢那儿呢，我看到了。”一个女生激动地喊着，“正前方，是不是他？我的天啊，好帅啊。”

大家的视线整齐划一地向前看。

沈兮见大家都往她背后看，有些慌乱地转身，一抹背光而立的身影毫无预兆地映入她的眼帘。

周清和站在星光边上，面容模糊不清，他的左手依然吊在胸前，看起来却丝毫不显狼狈。

沈兮肩上的包滑落在地，激起她脚边的一捧细沙，她与周清和隔着人海相望，两人皆是无言。

那一刻，她突然醒悟了，管他什么门当户对，只要是他，就好。

周清和像是在笑，他一步一步，缓慢却又坚定地向沈兮走过来。

“沈兮，做我女朋友好吗？”周清和缓缓递上早已准备好的求爱戒指。

从此没有欺骗与背叛，只要是你想要的，我全都给你，只要是你想知道的，我全都告诉你。

沈兮，我爱你。

从前，现在，未来。

番外一 -
猛男无语

周氏最近着手进军娱乐行业，所以创投了一家娱乐公司。娱乐版块划分到了周清和这里，沈兮自然是被高价挖过去干起了老本行。

其实对于给男朋友打工这事，她之前一直没想过，但耐不住周清和天天利诱。他承诺，来了周氏之后，她的薪金福利高于行业内水平不说，工作环境也会轻松，甚至升职压力也会比其他公司小。

沈兮想了想自己的车贷，最后同意了。

杨炀听说周清和主管周氏娱乐，为了能多跟当红女明星多些互动，也跟着来凑热闹。

“你们保安部经理不是还空着嘛，我觉得我完全可以胜任。”他死皮赖脸地拉着周清和的袖子，“给我一次展示自己的机会，好不好吗？”

公司规模不大，一共八层，沈兮在三层，周清和在顶楼，以往他都是从地下车库乘电梯直接到八层，但自打沈兮来了之后，他就养成了走步梯到三层再乘电梯的习惯，今天也不例外。

杨炀不顾形象地与周清和拉扯，整个人恨不能吊在对方身上。

此时沈兮正在全透明的会议室给大家开会，余光看到人影晃动，下意识地回了头，在看到杨炀和周清和“亲昵”地挽着手等电梯时，她愣了一下。

下面的人见她如此，也顺着她的视线往外看。由此，周清和与杨炀的亲密形态被大家撞了个正着，会议室里一片哗然。

“清清。”杨炀浑然不觉，最后直接抱着周清和的手臂“撒娇”。

会议室里，沈兮带头领着员工看自己男朋友和自己老同学的作妖，众人的视线越来越火热，偏偏电梯干等不来，周清和脸上青一阵紫一阵，他咬着后槽牙：“放开。”

杨炀置若罔闻：“那你答应让我来。”

周清和恨不能一拳揍在他脸上，强忍着怒气，瓮声瓮气地应道：“行。”

终于到了自己的办公室，周清和一把将杨炀搡进了屋，紧跟着的是一阵国骂，连带着拳头，劈头盖脸砸在杨炀身上，直砸得他嗷嗷叫唤。

“你今天就算打死我我也要来你这儿上班。”杨炀抱头鼠窜，躲在沙发缝隙中做着无用的抗争。

周清和打累了，面向窗外坐在椅中休息。

沈兮喜欢海，所以公司选址在海边，看着偶尔翻起的浪花拍打着海面，周清和的心平复下来。

杨炀确定自己不会再被揍，这才悄悄从沙发缝里起来。见周清和盯着海面不说话，他又嘴欠道："话说回来，你跟沈兮准备什么时候结婚啊？这都谈了快一年恋爱了，是不是她对你不满意啊？"

周清和挽起袖子，他觉得自己还能再打一会儿。

杨炀下意识地伸手挡着周清和："你别激动，我这不是在帮你分析原因嘛。"

周清和对沈兮是什么样子，周围的朋友有目共睹，那是"妻奴"两个字都无法诠释的，所以两人迟迟不结婚，一定是沈兮不同意。

"她没跟我说要结婚。"周清和的面色缓和了不少。

听听，这说的是人话吗？

"人家一姑娘，你还等着她跟你求婚？再说了，沈兮她也不是那样的人啊。"杨炀看着眼前这个死直男，忽然有些同情沈兮。

"你是说，我主动跟她说？如果她不愿意怎么办？"

周清和的逻辑是，如果她想结婚，一定会跟自己说，然后自己再求婚，这样一来皆大欢喜，只是他等了这么久，沈兮都没有要结婚的意思。或许是自己年纪大了的原因，对于婚姻，他现在十分向往，只是怕说了沈兮不高兴。

"我已经无语了老周。"杨炀所有的话都被周清和那一句回答给堵回了腹中，"这样，你要是信得过我的话，这事你交给我，哥们儿来你这儿工作也不是吃白饭来的，帮你把人彻底锁住，怎么样？”

周清和沉默，他摸了摸自己的胸口，嗯？这疯狂的心跳是怎么回事？

看得出杨炀是真心想来周氏工作，所以对于让周清和成功走进爱情的坟墓这事，他很上心。沈兮喜欢古建筑，他就联系了市里一处古代建筑群景区的负责人，准备在某一时间过去布置一下场地。

杨炀这头忙得热火朝天，有些事周清和虽然没有亲力亲为，但心情也随着各个环节的敲定而变得澎湃起来。

沈兮对这一切毫不知情，照常忙着工作的事。最近公司从星河挖来了一个流量明星张岩，他之前得罪了一个老板，最近正处在水深火热之中，目前是被雪藏的状态。造成这样局面的原因沈兮这段时间也了解过，是张岩拒绝了资方提出的特殊要求，而资方的实力又十分雄厚，便施压，称如果张岩不同意他的要求，就永远别想让张岩出现在大众视野内。

资方的事沈兮不关心，反正有周清和在，对方看在他的面子上肯定不会再为难张岩，让她感到焦虑的是张岩的复出方案，其实这里也有她的私心。张岩是她大学时就粉上的偶像，当初听说他被挖了过来，她兴奋了好几天。

为此公关部已经连续加了一周的班，就为了能制订出一个完美的计划。

沈兮低头翻看着大家交上来的方案，从头翻到尾，没发现特别合适的。

一杯咖啡放在她的手边，她习惯性道了声谢。

“辛苦了沈经理。”一道陌生的男声紧接着响起在身前。

沈兮吓了一跳，猛一抬头，这才发现这咖啡是张岩放的，她忙从座位中站起来。

“您怎么还亲自过来了。”

张岩比沈兮大五岁，于情于理，沈兮都应该客气点。

“我听张姐说因为我的事，你们已经连续加班一周了。今天时间还早，我想请大家伙儿出去吃顿饭，他们说让我来问你，你同意了就可以了。”

张岩不单是沈兮的偶像，也是大家伙儿的心之所向，沈兮知道同事们都想跟他吃饭。

她偏头看了一眼外面，果然，大家都目不转睛盯着自己看，满脸都是期待。她无奈地叹气：“那您破费了。”

吃饭的地方是一家私人会所，众人下了车在大堂经理的带领下鱼贯而入，沈兮和张岩走在最后。

刚拐进正厅，迎面走出来一伙儿人。走在前面的一众人停下步伐，大堂经理恭恭敬敬立在一边，微微俯身。

“周总。”

出来的正是周清和和杨炀等一众好友，因为周清和的求婚问题，大家伙儿聚在了一起。

周清和手里拎着几个袋子，颔首回应众人，视线却一直胶在人群最后、还在跟张岩说着话的沈兮身上。

两人这会儿正聊到张岩的成名作，那是沈兮最喜欢的一部戏，此时她眼中闪着光，看得周清和心里一阵不舒服。

在场所有人的心都随着周清和的视线提了起来，尤其是张岩的经纪人，恨不能过去把聊得正尽兴的两人强行分开。

两伙儿人擦肩而过的时候，周清和一把抓住了沈兮的手腕。沈兮吓了一跳，茫然抬头，不期然对上周清和略含不满的眼。

“嗯？你怎么在这儿？”她眼中的光更盛了。

周清和见状心一下子变得柔软，悄悄在她手心挠了一下：“部门聚餐？”

见两人姿态亲昵，其余人识趣地退场。周清和在沈兮的头顶揉了一下：“怎么没跟我说一声，我还给你带了菜。”

周清和一向如此，即便是在外应酬，每每结束都会带些沈兮爱吃的菜回去。

“临时决定出来聚餐的。你呢？今天的工作结束了啊？”公司刚刚步入正轨，几天见不到他人也是常态。

“嗯。”周清和见有人在电梯口等着沈兮，在她脸上轻轻掐了一下，“你先去吃饭，我在外面等你。”

刚才吃饭时杨炀说所有事情已经敲定，让他找个机会跟沈兮提一下结婚的事，他正愁不知道该怎么开口，今天晚上上天就给他创造了个机会。

不知道是不是知道周清和在外面等着沈兮的原因，大家伙儿并没有缠着沈兮，确认她吃饱了之后，就放她先行离开。

在等沈兮的间隙，周清和小憩了会儿，此时睡醒了正在车前抽着烟，回头看见那抹纤细的身影快速朝自己走来，他忙把烟熄了。

“怎么没多吃一会儿？吃饱了吗？”周清和自然而然把人半揽过来，伸手摸了摸她的肚子，察觉到掌心下圆滚滚的触感，他轻笑了一声。

沈兮的脸唰地红了，娇嗔地拍开周清和的手：“别讨厌啊。”

“你说，以后我们有宝宝的时候，肚子是不是也是这样圆滚滚的？”

沈兮被气笑了：“到时候肚子不圆滚滚的你才要害怕呢。”

她说完愣了一下，然后懊恼地低下头去。这连婚都没结呢，怎么就说起怀孕的事了？

莹白小巧的耳垂随着她的动作露了出来。

周清和的喉结上下滚动了一下，没等沈兮反应，他直接俯身过去，含住那张让他日思夜想的唇，在其上辗转许久，气息微微变得混乱：“兮兮，我们结婚吧，好吗？”

沈兮害羞，没有抬头，故意粗着嗓子说："那你可得好好表现才行，我可不是谁想娶就可以娶的，想追我的人从……"

周清和嫌她吵，再次俯身过去。

周清和正式向沈兮求婚那天，接连下了好几天的雨在傍晚毫无预兆地停了。

杨炀以有事要请教沈兮为由，把沈兮骗到了景区。

这儿的景点沈兮之前来过，但是今天再一看，总觉得哪里怪怪的。

"我在东边区域呢，你来找我。"杨炀在控制室看着监控里左顾右盼的沈兮，又给周清和打了个电话。

"哥们儿，沈兮已经过去了，你准备好吧。"

迈过最外面的门槛，沈兮看到一条两旁满是燃烧着的蜡烛的小路，顺着小路向前走十数米，视线忽然开阔。

一个用鲜花和蜡烛摆出的巨大的爱心形状中站着一道挺拔的身影。

跳跃的金黄色灯光把周清和勾勒出一道金边。

沈兮脚步蓦然一顿。

见女主角登场，一早就在围观的群众不约而同地鼓掌，有些年轻人起哄吹起了口哨。

周清和捧着花束缓缓走向沈兮，面色说不出的庄重，行至她身前，他单膝跪地。

虽然已经经历过一次类似的场面，但再次身临其境，沈兮内心依然激动，她掩面，眼泪倏然积在眼眶中。

周清和跪在地上，良久没有说话，周围也随之安静下来，大家屏息，等着周清和的深情告白，只是当事人迟迟不语，大家不禁有些纳闷。

“兄弟，你干吗呢？”杨炀通过耳机询问，周清和沉默的时间已经超出了他们的计划时间。

“我……我忘词了。”周清和十分懊恼。

杨炀只觉得无语，他们经历过大风大浪，在生意场上手起笔落就是上亿盈利的项目的周清和在他媳妇面前竟然紧张得忘词了？

“那你也不能什么都不说啊。”杨炀恨铁不成钢，“你也别煽情了，直奔主题吧。”

周清和从来没觉得杨炀的提议如此有建设性。

多年以后，再提起周清和求婚时的场景，众人依然笑得直流眼泪，尤其是杨炀，对着周家刚上幼儿园的小包子周慕兮说得吐沫横飞。

周清和黑着脸，伸手护着宝贝女儿的脸，听着已经是自己老婆的沈兮跟杨炀低语：“其实我当时就是故意没说话的，我也想看看在唇枪舌剑中尚能保住全身的周总词穷的时候什么样。”

番外二
周总吃醋了

最近，两岁半的周慕兮小朋友迷恋上了名著《西游记》，在周清和看文件时会抱着他的腿喊八戒。周清和低头看着肉嘟嘟的宝贝闺女，放下手中文件把她抱到腿上坐着，捏捏她的小脸蛋，语气宠溺：“那妈妈是什么啊？”

周慕兮眨眨大眼睛，浓密卷翘的睫毛在眼底投下一片阴影，一派天真道：“妈妈是沙师弟啊。”

周清和沉默了，他实在不知道沈兮跟沙师弟有什么共同点。亲了口周慕兮的小脸蛋，他说：“慕兮，爸爸要看文件，你自己去一边玩可以吗？”

周慕兮抱住周清和的脖子：“我要跟爸爸玩。”

听着宝贝女儿软糯的嗓音，一种兵败如山倒的感觉席卷周清和全身，他又亲了一口小团子，柔声道：“好，那慕兮要答应爸爸不要吵好吗？”

胖嘟嘟的小姑娘眼睛笑成一轮月牙："好。"

沈兮下班到家时，刚打开门便看见一道粉色的小身影跌跌撞撞朝自己跑来，张开小手仰视着自己："妈妈抱。"

沈兮心化成一片，俯身把女儿抱了起来："想妈妈没有？"

"想啦！"周慕兮紧紧抱着沈兮的脖子，"妈妈，妖精说礼拜五是亲子日，让爸爸妈妈一起陪我去玩。"

"妖精？"沈兮愣了一下，低头问，"什么妖精？"

"就是我们的老师啊，他是妖精，妈妈是沙师弟，爸爸是八戒。"周慕兮煞有介事地数着手指，数了半天又觉得自己的智商现在可能还不适合数数，悻悻放下手，"八戒说他周五不在。"

沈兮脸一绿："宝宝，不可以叫老师妖精啊。"

"可是我已经叫了啊。"周慕兮眨了眨眼。

于是第二天，沈兮让周清和去上班，自己亲自去送周慕兮，到了幼儿园门口，远远就看见了周慕兮的老师站在门口。老师是位二十八九岁的男生，偏阳光，用现在的话说就是暖男。看见沈兮牵着周慕兮来，他亲自迎了上来，蹲下身子摸着周慕兮的头："悟空你来啦？"

沈兮顿时失语，有些尴尬地看着老师："老师，慕兮她不懂事，您别跟她一般见识啊。"

老师直接把周慕兮抱了起来："不会，慕兮很可爱。"说完见沈兮还要说什么，直接握着周慕兮肉乎乎的小手，“跟妈妈说再见。”

沈兮走后，卢子豪抱着周慕兮进入幼儿园，路上他看着怀里的小姑娘：“悟空，这个礼拜五你父母来吗？”

“八戒不在家，只有沙师弟呢。”周慕兮嘟了嘟嘴，“八戒说那天他尽量赶回来，可是要是他赶不回来，那我是不是就不能跟小朋友们一起玩了？”

卢子豪想了想，极其认真道：“对啊，那天要三个人在一起玩啊。要不这样，如果八戒没回来，老师陪你和沙师弟玩好不好，这样你就可以跟其他小朋友玩了啊。”

周慕兮一听说能跟小朋友一起，急忙点头。

卢子豪想了想，补充一句：“那你要答应老师，这件事不可以告诉八戒哦。”

周慕兮小朋友虽说年纪小，但也知道行走江湖必须得讲义气，所以对于她跟老师的约定，她一直是守口如瓶。只是在周清和出国之前。她缠着他问：“爸爸爸爸，你要是赶不回来就不要急着赶路了啊。”

周清和心里一热，闺女果然是爹的贴身小棉袄。他抱过闺女狠狠亲了两口：“爸爸一定尽量往回赶。”

“这次去要待多久啊？”

临行前，沈兮在房间里为周清和收拾行礼。

“最快要五天。”周清和抱肩靠在门框看着忙碌的小女人，心里一阵满足，“我不在家你要乖，记得想我啊。”

沈兮脸有些红，突然想起来亲子日的事，抬头看着他：“周五你要是赶不回来就别回来了，反正就那么一会儿。”

“嗯，我争取赶回来，这么好的老婆我怎么舍得把她一个人扔在那啊。”周清和走过去把沈兮抱在怀里，“我们先做点别的事。”

沈兮：“……”

周五一晃就到了，周清和因为出国巡检公司人不在位。

沈兮领着周慕兮早早就来到幼儿园，找到布置现场的卢子豪：“卢老师，慕兮的父亲人在国外，这个活动可能来不了了。”

卢子豪闻言略略松了口气：“哦，这样啊，这样的话慕兮就没法参加活动了啊。”低头看了眼老老实实窝在沈兮怀里的周慕兮，他说，“要不我们三个临时组成一个小组吧？”

“啊？”沈兮有些吃惊，“这不好吧？要不……慕兮这次我们就不参加了好吗？”

周慕兮闻言眼圈微微泛红，却还是乖巧地点点头：“慕兮听妈妈的。”

沈兮见状倒有些不忍心了，又看了眼卢子豪：“那……就麻烦卢老师了。”

卢子豪提着的心总算是落回了腹中。

再说周清和，他去到国外之后就加班加点地巡查公司，四天就结束了行程，订了当晚的机票往回赶。当他出现在幼儿园门口时，看见自己的老婆领着自己的宝贝女儿正在跟另一个男人玩游戏时心一紧，面色跟着沉下来。那个男人看沈兮的眼神并不单纯，也就他的傻媳妇才什么都看不出来。

他稳步走了过去，站在说笑的三个人身前，强迫自己装出往常的云淡风轻："这位是？"

最先反应过来的是周慕兮，看见周清和站在身前，朝他伸出手："爸爸抱抱！"

卢子豪只好放开手，眼睁睁看着周慕兮跟周清和撒娇。

"这位是慕兮的老师，卢子豪。"沈兮给两人做介绍，"这位是我先生，周清和。"

卢子豪伸手跟周清和握了握："周先生，久仰大名。"

周清和扬了扬嘴角，有意无意地看了眼站在一边不在状态的沈兮："我不在，麻烦卢老师了。"

"哪里哪里，那你们先玩吧，我那边还有点事先离开一下。"卢子豪说完又跟沈兮挥了挥手，"那我就先走了。"

"好。"沈兮也挥挥手，"今天真是谢谢你了。"

原本是寻常的对话却让周清和越听火越大，低头看了看周慕兮：

“慕兮，今天去奶奶家睡好吗，爸爸有事跟妈妈商量。”

晚上，宝贝女儿不在家，沈兮觉得自己右眼皮跳得有些厉害，抬头看了眼表，已经快八点，想起周清和去公司之前特意叮嘱她要乖乖在家等他回来时的笑容，她心里就有些发怵，本想出门转转缓解一下紧张的心情，谁知刚拉开门就看见周清和站在门外，他手里拿着钥匙，看样子是刚要开门。

“去哪儿啊？”周清和笑望沈兮。

沈兮觉得他的笑容有些奇怪，下意识地往屋里躲：“哦，不去哪儿。”

还没走两步就被周清和给拉到怀里。

“我们的事还没说。”

一个小时过去。

沈兮面色潮红，胸口微微起伏，还在喘着粗气，侧头看了眼身边躺着的周清和，掐了他后腰一下：“你疯了？”

周清和侧过身子，手撑着头侧看回去，略略挑眉：“刚才你可不是这么说的啊。”说完凑过去咬了沈兮一口，“下次我不在不许跟别的男人笑。”一想起那个卢子豪，他心里就有些堵，“后果你自负。”

沈兮脸更红了一些，拉过被子把周清和的头遮住，小声道：“你别烦人了，快睡觉，在飞机上一定没睡好吧？”

周清和哑然失笑，把沈兮抱在怀里，狠狠亲了她一口：“晚安。”

自从有了周慕兮，两个人在家从来不敢这么放肆，所以这些年周清和心里有些苦。

沈兮睡后，周清和又轻手轻脚从床上爬起来批复文件。柔和的灯光下，周清和眼神专注，橘色的光拢住他整个身形。

其实他走之后沈兮就醒了，见他又一心扑在工作上，偶尔咳嗽时还不敢出声，便去给他倒了杯热牛奶。

“都这么晚了你还不睡？”

周清和抬了抬头，见沈兮光着腿穿着他的白衬衫时，眸光加深，朝她招了招手：“过来。”

沈兮一愣，默默把牛奶放在他面前：“我去睡觉了……再见……”

番外三 -
父女危机

沈兮今天有个同学聚会，凑巧周清和有事要忙，只好把周慕兮送到温华家。在去温华家的路上，他看了眼坐在身边的宝贝女儿：“慕兮，妈妈出去玩都不带你，你生气不生气啊？”

周慕兮正在吃手指，口水流得到处都是，闻言抬头看了眼底依稀有希冀的周清和一眼：“不生气啊，妈妈说她明天带我出去玩。”

周清和清了清嗓子，再接再厉：“聚会上还会有别的小朋友啊，你不怕妈妈被人抢走了吗？”

周慕兮不吃手指了，老老实实地坐在椅子上低头看着自己粉红色的小凉鞋：“那怎么办啊？”

“这样，你跟妈妈说你不想去奶奶家，你想跟妈妈待在一起，这样妈妈就不会被别的小朋友抢走了。”

周慕兮眨了眨葡萄般的眼睛，严肃地问：“爸爸，你是不是在骗我啊？你是不是担心妈妈被别的叔叔抢走了啊？”

被两岁半的宝贝女儿戳到痛处，周总表示有点没面子，但面上依旧装得云淡风轻："怎么会？那些叔叔都没有爸爸优秀的。"

周慕兮打量了周清和许久："可是我觉得妖精就很优秀啊，对我和妈妈可好了。"

听到周慕兮的话，周清和干脆把车停在路边，严肃地问道："你们老师是这么说的？"

周慕兮不明所以地点了点头："他对我们可好了，爸爸你要是欺负妈妈，我可就不要你了，我要去找妖精，还要把妈妈带走。"

周清和觉得他在家里原本不可撼动的地位被撼动了，感受到了深深的危机感，又看了眼女儿："那爸爸要是和你们老师打起来了你帮谁？"

周慕兮很认真地想了想这个问题，虽然妖精也很好，但是在她心里还是八戒最厉害，所以她抱着周清和的手臂蹭了蹭："当然帮爸爸。"

周清和备受打击的心灵好过了些，俯身亲了女儿一口："那你要不要帮爸爸去看着妈妈，妈妈的聚会上可是真的有很多小朋友的啊。"

周慕兮小朋友虽然很不乐意，但见自己的爸爸这么可怜，最后还是答应他帮他看着沈兮，不让别的叔叔接近她，如果真的有叔叔死皮赖脸地非要接近，那要好好记住那个人的名字和长相。

跟着沈兮去到聚会上，有不少叔叔阿姨围着她要跟她合照，她紧紧抱着沈兮的脖子不说话。

沈兮安抚地拍了拍她，对众人道：“慕兮她有些怕生。”

周慕兮窝在沈兮怀里认真地听大人聊天，频频听见“张云旗”三个字跟妈妈的名字放在一起，回去的时候她尽职尽责地跟爸爸汇报了这个情况。

结果是她又被送去了奶奶家。

“周清和，你这几天是不是疯了？”沈兮躺在床上喘着气，紧紧盯着旁边的周清和，“还是工作不顺心了？”

周清和伸手把人搂在怀里：“小别胜新婚而已。”

沈兮有些无语。

“对了，下个月下面有几家公司要上市，我可能会有些忙，我不在家的话你记得吃饭啊。如果不想做就带着慕兮回妈家，不要出去吃，现在外面的东西太不卫生。”

沈兮点了点头：“我会抽空去公司查岗的。”

周清和笑了一声：“随时欢迎。”

沈兮虽然嘴里说查岗，但其实根本没有那种想法，但无奈周慕兮许久没见到爸爸，天天吵着要去公司找爸爸，沈兮只好抽出一天的时间带着她去找人。

因为公司众人都认识沈兮，所以她一路顺畅无阻，到了周清和办公室所在的楼层，周慕兮欢快地朝前跑，想也不想地推开周清和办公室的门，下一秒却哭着回去找沈兮。

“怎么了慕兮？”沈兮见她哭，心里一沉，抱起她快步走向办公室，只见一个年轻的姑娘红着脸局促地站在沙发前，沙发上躺着休息的是面色有些差的周清和。

听见哭声，周清和从梦中惊醒，翻身坐了起来，看见面前站了三个女人。他首先注意到的是哭着的宝贝女儿，快步走了过去把她从沈兮怀中接过来：“慕兮怎么了？”

周慕兮一边哭一边扭着身子回头找沈兮：“我不要爸爸！我不要爸爸！我要妈妈！我不要爸爸了！”

沈兮虽然没看到发生了什么，但是从周慕兮的表现和杵在办公室里的另一个女人的神色中已经猜出了些因由。她面无表情地看着那个女人：“麻烦你出去一下，我们要说些家事。”

周清和从来没有见过沈兮这样的神情，一时也有些心慌，抬头看了迈不动步的女人一眼，皱着眉冷声道：“还不出去？”

女人步伐凌乱，踉跄着出了周清和的办公室。

周慕兮趴在沈兮的怀里大哭不止，任凭周清和说尽好话就是不看他一眼。

周清和没了办法，抬头看沈兮：“怎么了？”

沈兮挑了挑眉：“不知道，我是后面才进来的。”

周清和抿着嘴唇嗤了声，抬头朝门外看了一眼，又盯着周慕兮小朋友：“慕兮，你告诉爸爸你怎么了？”

周慕兮哭够了，抽抽搭搭地看着周清和：“刚才那个阿姨亲你，我不要你了，你不是我爸爸了。”

周清和心里一紧，尴尬地看了眼依旧面无表情的沈兮，转身出了门。

“慕兮，刚刚爸爸睡着了，那个阿姨没有经过爸爸的同意做了一些不道德的事情，所以你不能跟爸爸那样说话啊，爸爸很爱你的，你这么说话他会伤心的。”

周清和走了之后，沈兮蹲下身子看着周慕兮：“一会儿爸爸回来了你抱抱他好吗？”

周慕兮眼圈依旧是红的：“可是爸爸被别的阿姨亲了，他还是我的爸爸吗？他是不是就是别的小朋友的爸爸了？”周慕兮说出自己伤心的原因。

周清和一进门听到的就是周慕兮小朋友的最后一句话，心里有气，但一对上她红彤彤的小眼睛，那股火气又消了，走过去蹲在沈兮旁边，拉着周慕兮的小手：“告诉爸爸你怎么了？”

“刚刚那个阿姨亲你了，你是不是就变成别人的爸爸了？”周慕兮缩在沈兮身后，只探出个小脑袋看周清和，脸上还挂着泪痕，看着楚楚可怜。

“爸爸已经把那个人赶走了。”周清和又伸手把他的心肝宝贝拉了回来，“你永远是爸爸最爱的宝贝，爸爸怎么舍得做别人的爸爸呢？”

周慕兮听周清和这么一说，狐疑地看了他：“真的吗？”

周清和点头：“当然是真的，我什么时候骗过你？”

周慕兮身为小朋友的危机感没有了，小步挪了过去主动抱着周清和的脖子：“以后不可以让别的阿姨亲你。”

周清和连忙点头，能哄好这位小祖宗比什么都重要。
